KiWi 115

IGNAZIO SILONE

Der Fuchs und die Kamelie

ROMAN

AUS DEM ITALIENISCHEN VON
HANNA DEHIO

KIEPENHEUER & WITSCH

Titel der Originalausgabe *La Volpe e le Camelie*
Aus dem Italienischen von Hanna Dehio

Umschlag Hannes Jähn, Köln
Gesamtherstellung May + Co, Darmstadt
ISBN 3 462 01798 5

MEINEM FREUND

MARCEL FLEISCHMANN

I

Von der Loggia aus, die auf den Gemüsegarten ging, hatte Filomena mehrmals nach ihrem Mann gerufen, wenn auch nicht in sehr dringlichem Ton. Da sie keine Antwort erhielt, obwohl er sie gehört haben mußte, ging sie schnell wieder ins Haus hinein.

»Mein Mann muß gleich kommen, Nunziatina«, sagte sie zu einer bescheidenen kleinen Frau, die verlegen mitten im Zimmer stand. »Setz dich doch etwas hin.«

»Ich möchte nicht stören«, erwiderte Nunziatina leise. »Es sei denn, daß ich dir in der Zwischenzeit helfen kann.«

»Du mußt ein Glas von unserem neuen Wein versuchen«, sagte Filomena und öffnete die Anrichte.

Die Hausfrau war nicht mehr jung, untersetzt und sah wehleidig und bekümmert aus. Nunziatina hatte schon bemerkt, daß sie gerötete Augen hatte. Sie faßte sich ein Herz und fragte:

»Ist etwas nicht in Ordnung?«

Filomena seufzte und machte eine resignierende Bewegung.

»Es ist so still hier«, sagte Nunziatina, die am Fenster stand und hinausschaute. »So ruhig«.

»Ruhig?« entgegnete Filomena überrascht.

Kein anderer Laut war in der Luft als das Geräusch vereinzelter Autos, die zur nahen Grenze fuhren. Der Flußnebel, der am Morgen über der Ebene gehangen hatte, stieg allmählich an den Talwänden hoch und machte einer bleichen, schwach wärmenden Sonne Platz. Wie ein Vorhang, der sich langsam hebt, gab er nach und nach die Sicht frei auf die umliegenden, dunkelgrauen, kleinen Dörfer, auf die grün getönten Hügel und das Amphitheater der Berge, deren Gipfel noch Schnee bedeckte. Für die Bauern war es noch tote Jahreszeit, und die Felder waren verlassen, aber zwischen den Heckensträuchern und an besonnten Stellen am Bach waren schon das erste Immergrün und einige Veilchen aufgeblüht. Filomena hatte die Fenster des alten Bauernhauses weit geöffnet. Von der Vorhalle aus, die mit landwirtschaftlichen Geräten vollgestellt war, kroch gerade eine kleine Eidechse, vielleicht die erste in diesem Jahr, an der Hauswand hoch, vom Gelb der Maiskolben angezogen, die unter den Bögen der Loggia aufgehängt waren.

Als Daniele seine Frau rufen hörte, war er mit Agostino zusammen damit beschäftigt, einer Sau bei der Geburt ihrer Ferkel beizustehen. Er war besorgt und umsichtig bei der Arbeit. Da er seiner Familie mitgeteilt hatte, daß er nicht gestört werden wollte, antwortete er nicht einmal.

»Soll ich nachsehen gehen, worum es sich handelt?« schlug Agostino vor.

Daniele verzog das Gesicht. »Bleib hier«, sagte er.

Obwohl er schon seit dem Vortag die üblichen Vorkehrungen getroffen hatte, damit die Geburt ohne Zwischenfälle vor sich gehen könne, schien Daniele seiner Sache nicht sicher. Das ist nicht verwunderlich, denn Ereignisse dieser Art sind für jeden Bauern stets voll unvorhersehbarer Möglichkeiten, und außerdem war im vergangenen Jahr eine von Danieles Säuen unter gleichen Umständen von einer Lähmung der hinteren Körperhälfte befallen worden, die ein Versiegen der Milch zur Folge hatte. Es war ihm nichts anderes übriggeblieben, als sie zu schlachten. Dieses Ereignis hatte bei Daniele eine sehr unangenehme Erinnerung hinterlassen, nicht nur des erlittenen Verlustes wegen, sondern weil die benachbarten Bauern und einige entfernte Verwandte wieder einmal seiner mangelnden Sachkenntnis die Schuld gegeben hatten.

»Du warst doch Mechaniker in Schaffhausen«, hatten sie ihm vorgehalten. »Warum bist du denn zurückgekommen?«

Unglücklicherweise ließen die Nachbarn sich keine Gelegenheit entgehen, ihm einen Knüppel zwischen die Beine zu werfen. Sie hegten einen alten Groll gegen ihn. Seine Altersgenossen erinnerten sich noch daran, wie er schon als Knabe lieber mit den Flüchtlingen aus dem nahen Grenzort zusammen gewesen war als mit den ihm gleichgestellten jungen Bauern und Handwerkern. (Diese Flüchtlinge trafen regelmäßig in Scharen ein, fast wie die Schwalben im Frühling, um den Repressalien ihrer jeweiligen Regierung zu entgehen, die durch die Agitation der »Roten« hervorgerufen wurden.) Auch einige sehr radikale und zum mindesten frühreife Ansichten des jungen Daniele über Kirche, Heer und Institutionen jeder Art waren sicherlich ein Nachhall dieser Freundschaften. Obwohl Daniele keine Arbeit scheute, sparte sein Vater Ludovico daher an seinem einzigen Sohn nicht mit Peitschenhieben, wie er sie den widerspenstigen Fohlen verabreichte. Aber das war sinnlos verschwendete Kraft; es war dem Vater nie gelungen, seinen Sohn vom Umgang mit den Fremden und von ihren wenig orthodoxen Ideen abzubringen. Dieser Mißerfolg erzürnte Ludovico über alle Maßen. Er war ein Grundbesitzer von alter Art, wie es um jene Zeit nur noch wenige gab. Obwohl er reich war und schon in vorgeschrittenem Alter, legte er sich ein hartes Leben auf: jeden Tag außer Sonntag war er vom Morgengrauen bis zum Sonnenuntergang auf seinem Besitz und setzte seinen Stolz darein, sich an den schwersten Arbeiten zu beteiligen. Außerhalb dieser strengen Disziplin gab es in seinen Augen nur Laster und Unordnung. Daher vermochte er sich mit Danieles Auflehnung nicht abzufinden.

Manche Leute behaupteten, daß der frühreife Rebell als Ausgleich zu den Wutausbrüchen des Vaters einigen Trost bei seiner Mutter fand, bei der guten, verständnisvollen Frau Silvia, die Italienerin und Enkelin eines Heimatvertriebenen war, eines Angehörigen der ersten Internationale. Sie war im Familienkult für diesen Vorfahren aufgewachsen und in einer rein theoretischen Verehrung für Männer, die sich gegen die gesetzliche Ordnung auflehnen. Dabei war sie selbst eine schüchterne Frau, die jede Art von Aufsehen verabscheute.

Es war also nicht verwunderlich, daß dieser Sohn, den sie stark und rauh wie den Vater, aber zugleich auf seltsame Weise von ihm verschieden, großmütig und vorurteilsfrei heranwachsen sah, ihr ganzer Stolz geworden war. Sie sah ihn als eine Belohnung an, die sie vom Schicksal für so viele erlittene Ungerechtigkeiten erhalten hatte, und umgab ihn mit all ihrer mütterlichen Zärtlichkeit, aber in unaufdringlicher Weise, um die Gefühle des Vaters nicht noch mehr zu reizen.

Im übrigen hatte man über Frau Silvia nie etwas Nachteiliges sagen können. Wegen ihrer zarten Gesundheit und der schon erwähnten Wesensart verbrachte sie die meiste Zeit im Hause, und selbst wenn sie hinausging, um im Garten frische Luft zu schöpfen, nahm sie eine ihrer beiden Töchter zur Begleitung mit. Für die Arbeiten in Haus und Garten zeigte sie keine Neigung, vielleicht, weil sie sich als junges Mädchen nie darin geübt hatte; wenn sie sich gelegentlich an einer Stickerei versuchte, stach sie sich in den Finger, bis ihr die Tränen kamen, und sie war nicht imstande, eine Küchenzwiebel von einer Dahlienknolle zu unterscheiden. So widmete sie die Zeit, die ihr neben der Pflege der Töchter noch blieb, dem Lesen, das ihre einzige, nie versiegende und wahrhaft tyrannische Passion war. Sie las mit Interesse jedes Buch, das ihr in die Hände geriet, aber mit besonderem Anteil und wirklichem Genuß Reisebeschreibungen und Biographien, und wenn keine neuen Bücher vorhanden waren, las sie die zum zweitenmal, die sie am meisten bewegt hatten. Zum Unglück für den Familienfrieden sollte diese Leidenschaft später das Hauptmotiv der Mißhelligkeiten zwischen ihr und ihrem Mann werden und ihm zum Vorwand dienen, seiner Unzufriedenheit Luft zu machen. Der Wahrheit halber muß gesagt werden, daß Silvias Liebe zum Lesen und Phantasieren Ludovico wohl bekannt war, als sie miteinander verlobt waren, aber damals hatte er sich geradezu damit gebrüstet. »Meine zukünftige Frau«, hatte er immer wieder gesagt, »soll keine Magd sein, sondern eine Herrin.« Die ersten Jahre der Ehe waren jedenfalls in normaler Harmonie verlaufen. Danach folgten jedoch einige verlustreiche Jahre für den Hof, verursacht durch eine Maul- und Klauenseuche beim Vieh und mehrere Hagelschauer, und Ludovicos Stimmung begann sich zu verschlechtern. Ihre sanfte, schüchterne Art erschien ihm nun als Schlaffheit und Heuchelei, und er brauchte seine Frau nur mit einem Buch in der Hand zu überraschen, um schon einen Wutanfall zu bekommen.

Wer einem dieser immer heftiger werdenden Zusammenstöße beigewohnt und erlebt hätte, wie Ludovico erhitzt, müde und schmutzig von der Arbeit kam und seine Frau, je nach der Jahreszeit, auf dem Balkon oder im Wohnzimmer liegend und lesend antraf, als ob die Sorgen ihrer Umwelt sie nichts angingen, der wäre versucht gewesen, dem Mann recht zu geben. Aber die etwa vorhandene Berechtigung seiner Gründe wurde beeinträchtigt durch die unleidliche Art und Weise, in der er sie vorbrachte. Bald hielt er sich nicht mehr zurück und tadelte und verspottete seine Frau auch in Gegenwart der Kinder als »in höheren Sphären schwebende Phantastin« und sogar als Schmarotzerin. Schließlich schreckte er – nur um zu verhindern, daß sie sich neue Bücher verschaffte – auch vor sehr kleinlichen Maßnahmen nicht zurück, indem er sie ganz ohne Geld für ihren persönlichen Bedarf ließ und dem Postboten befahl, alle Pakete ihm, Ludovico, auszuhändigen. Aber diese Listen bewährten sich nur vorübergehend. Auf nicht ganz klare Weise gelang es Frau Silvia auch weiterhin, sich Lesestoff zu verschaffen, sei es durch Tausch oder mit Hilfe von Bibliotheken, und sie ging schnell und ohne Aufsehen dabei zu Werk. Aber Ludovico war nicht der Familienvater, der sich in seinem eigenen Hause für besiegt erklärt hätte.

Gegen die immer häufiger und heftiger werdenden Vorwürfe ihres Mannes konnte die arme Frau nichts zu ihrer Verteidigung anführen als die Qualität ihrer Lektüre.

»Nicht ein einziges meiner Bücher«, sagte sie ihm immer wieder, »ist geschmacklos oder unanständig, du kannst dich selbst davon überzeugen.«

Aber Ludovico war der Ansicht, daß jede Art von Lektüre, auch die allerunschuldigste, eine Quelle sinnloser Zerstreuung sei. Seiner Meinung nach hatte ein guter Christ – weit mehr noch also eine gute Christin – die Einbildungskraft zu zügeln und nach Kräften zu unterdrücken, da es leider nicht möglich ist, ihr wie einer zahmen Taube die Flügel zu stutzen. Die Einbildungskraft ist es, so verkündete er gern und oft, die die Phantasie anregt, so daß selbst eine Frau, die nie ihr Haus verläßt, die flatterhafte Seele einer Dirne haben kann. Diese Beweisführung des guten Mannes wirkte rührend, wenn auch nicht sehr originell.

Auf die häufig stattfindenden Szenen zwischen den Eltern vermochten die beiden Töchter, die insgeheim den Gründen des Vaters zustimmten, obwohl sie Mitleid mit der Mutter hatten, nur mit Tränen zu reagieren. Daniele dagegen, der inzwischen zu einem ungewöhnlich kräftigen, jungen Mann herangewachsen war und es mit seinem schon bejahrten Vater gewiß hätte aufnehmen können, mußte sich Gewalt antun, um ihm nicht heftig entgegenzutreten.

Eines Tages, als sie allein waren, wagte Frau Silvia, ihrem Mann eine Bemerkung darüber zu machen:

»Vor Daniele solltest du nicht so mit mir sprechen.«

»Warum denn nicht?« fragte er erstaunt.

»Ich weiß nicht, wie ich dir das erklären soll«, sagte sie leise. »Vielleicht aus Vorsicht.«

»Meinst du, er wäre imstande, dich in Schutz zu nehmen?« fragte Ludovico grinsend.
»Nicht sosehr mich als vielmehr seine Mutter«, erwiderte sie in entschuldigendem Ton.
»Das soll er nur versuchen«, sagte Ludovico herausfordernd.
Daß Daniele einmal die Geduld verlieren könnte, war die geheime Sorge der armen Frau Silvia geworden, und jedesmal wenn sie unter vier Augen mit ihm zusammen war, sprach sie darüber.
»Ich bitte dich«, sagte sie zu ihm, »vergiß nicht, daß er dein Vater ist. Wenn du mich wirklich lieb hast, mußt du geduldig sein und dich zu beherrschen versuchen.«
Aber was den Vater aufbrachte, war gerade dieses innere Einverständnis zwischen Mutter und Sohn, das stark genug war, um selbst einen so impulsiven und in mancher Hinsicht unbeugsamen Charakter wie Daniele zu diszipliniertem Verhalten zu zwingen. Außerdem kränkte es ihn, daß Daniele an der geheimen Nachlieferung von Lesestoff für die Mutter nicht unbeteiligt zu sein schien. So kam es zu einem peinlichen Auftritt, den Ludovico an einem Winterabend in Gegenwart der ganzen Familie veranstaltete.
Im Laufe des Tages hatte sich nichts Außergewöhnliches ereignet. Am Nachmittag war etwas Schnee gefallen, und es war früher als sonst dunkel geworden. Draußen herrschte eine große Stille. Nach dem Abendessen war Ludovico nach oben gegangen; »nur um et-

was Ordnung zu machen«, hatte er gesagt, und Mutter und Kinder erwarteten ihn, um den Kamin in der Küche sitzend, in dem ein großes Feuer von Buchenscheiten brannte. Daniele hatte einen Krug von dem neuen Wein abgezapft, der noch etwas trübe und süß war, aber angenehm im Geschmack, und die Schwestern rösteten über dem Feuer Kastanien in einer Pfanne, die wie ein Sieb gelocht war. Von der Küche aus konnte man verfolgen, wie Ludovico mit seinen schweren Schritten von einem Zimmer des oberen Stockwerks ins andere ging. Sie warteten mit dem Einschenken auf ihn. Ungewöhnlich langsam und geräuschvoll kam er die Treppe herunter, aber erst als er in der Küche erschien, begriffen Mutter und Kinder die Ursache der Verzögerung: er war von einem Knecht begleitet, der ihm half, zwei große Körbe zu schleppen, die mit Büchern und Zeitschriften hoch beladen waren.

»Geh und hole den Rest herunter«, befahl er dem Knecht.

Obwohl er keine Miene verzog, konnte an seinen Absichten nicht der geringste Zweifel bestehen.

»Wenn sich unter diesem Zeug vielleicht ein Schulbuch befindet«, sagte er, zu seinen Töchtern gewandt, »so teilt es mir beizeiten mit. Wir haben keine Eile«, fügte er lächelnd hinzu. »Die Nächte sind länger geworden, und wir werden die Bücher eins nach dem anderen untersuchen.«

Frau Silvia wohnte den Vorbereitungen zu der Verbrennung blaß und erschrocken bei, ohne ein Wort zu sprechen. Ihre Augen waren starr auf Daniele gerichtet.

»Jetzt wollen wir mal sehen, was das ist«, sagte Ludovico und nahm ein Buch aus dem Korb, der ihm zunächst stand.

Langsam, fast buchstabierend, las er den Titel: »Giovanni Verga, *Mastro don Gesualdo,* Roman.« Bei dem Wort Roman hob er die Stimme.

»Seht mal an, habt ihr begriffen?« rief er grinsend und ließ seinen Blick über jeden der Anwesenden gehen. »Habt ihr begriffen, was eine christliche Familienmutter liest? Einen Roman!«

Plötzlich sah er verändert aus. Die scheinbare Ruhe wich der Wut, die in seinem Inneren kochte, und mit äußerster Heftigkeit schleuderte er den Band ins Feuer. Im gleichen Augenblick sprang Daniele zum Kamin, in der Absicht, das Buch vor den Flammen zu retten, aber es gelang der Mutter, die ihn nicht eine Sekunde lang aus den Augen verloren hatte, ihn bei der Schulter zu packen und zurückzuhalten.

»Ich bitte dich«, sagte sie in flehendem Ton.

Ludovico tat, als hätte er nichts von dem Auftritt gemerkt, der sich blitzschnell abgespielt hatte. Er hatte keine Eile; die von ihm geplante Zeremonie stand erst an ihrem Beginn. Frau Silvia zitterte vor Erregung am ganzen Körper.

»Jetzt gehen wir zu dem zweiten Buch über«, fuhr Ludovico mit scheinbar unbeteiligter Stimme fort.

»Wollen wir mal sehen, um was für einen Dreck es sich diesmal handelt.«
Seine Frau erhob sich und unterbrach ihn: »Ich bin etwas müde, entschuldige, Ludovico. Vielleicht durch den Wetterwechsel, wirklich, ich glaube, das macht der Schnee. Entschuldige, wenn ich mich zurückziehe. Willst du mir den Arm reichen?« fragte sie ihren Sohn.
Als die Töchter mit dem Vater allein geblieben waren, konnten sie die Tränen nicht mehr zurückhalten.
Infolge der Verschlechterung ihres Gesundheitszustandes erhielt Frau Silvia schließlich die Erlaubnis, sich ganz in ein kleines Zimmer im zweiten Stock zurückzuziehen, das sie nie mehr verließ. Die Töchter und Daniele leisteten ihr abwechselnd Gesellschaft; Ludovico hatte ihre Existenz fast vergessen, so daß die letzten Monate der Kranken recht harmonisch verliefen.
»Das ist die schönste Zeit meines Ehelebens«, vertraute sie eines Tages dem Sohn an.
Aber das Glück weckt den Neid des Todes.
Es bestand für Ludovico kein Zweifel daran, daß Daniele nach dem Hinscheiden der Mutter eines Tages das Haus verlassen würde, aber er konnte nicht ahnen, daß sein Sohn in einer Weise vorgehen würde, die sich allen Anwesenden ins Gedächtnis einprägen und viel Aufsehen erregen sollte. Bei der Rückkehr vom Friedhof, während die Verwandten und Freunde, die aus den Nachbarorten zum Begräbnis gekommen waren, sich an der Haustür von Ludovico verabschiede-

ten, wurde dieser von einem Knecht darauf aufmerksam gemacht, daß Daniele sich zur Flucht rüstete. Er hatte sich schon ein Pferd gesattelt und war eben dabei, einen Sack mit ein paar Kleidungsstücken vollzustopfen, die er mitnehmen wollte. Der Alte verließ ohne viel Umstände die trübselige Gesellschaft, die um ihn herum stand, und lief zum Stall hin, aber während er den Gutshof überquerte, wurde er fast von dem Pferd überrannt, das Daniele schon zum Galopp angespornt hatte.

»Geh ruhig zum Teufel«, konnte er ihm gerade noch nachschreien, »aber das Pferd gehört mir, steig sofort ab.«

Es war, als hätte er sich an den Schwanz des Pferdes gewandt. Blind vor Wut vergaß der Alte die Trauergäste, die noch vor seinem Haus auf ihn warteten und eilte geradenwegs auf das Polizeibüro, um Anzeige wegen Diebstahls zu erstatten und zu verlangen, daß sein Sohn von der öffentlichen Gewalt gesucht oder wenigstens der Befehl ausgegeben werde, das entwendete Pferd einzufangen. Zu seinem großen Ärger gelang ihm dieses jedoch nicht; vor allem, weil er längere Zeit warten mußte, bis der Wachtmeister gefunden wurde (der an dem Begräbnis teilgenommen und sich danach, dem Brauch gemäß, in eine Schenke geflüchtet hatte); darüber hinaus hatte Ludovico, nachdem der Mann aufgespürt und dazu überredet worden war, ins Amt zurückzukehren, eine zeitraubende und lästige Diskussion über die Zweckmäßigkeit einer so übereilten Anzeige mit dem Wachtmeister zu führen, der – besonders in angetrunkenem Zustand – ein Mann von Herz und gesundem Menschenverstand war.

»Was würde denn deine selige Frau im Himmel, wo sie gerade erst angekommen ist, davon denken«, begann er dem Alten zu widersprechen.

»Du bist doch wirklich ein Idiot«, antwortete Ludovico. »Begreifst du denn nicht, daß das auch für sie eine Lektion sein soll?«

So ging es hin und her, bis eine Depesche aus Bellinzona der Diskussion ein Ende machte: Daniele hatte, bevor er den Zug über den Gotthard nahm, das Pferd einem Polizisten anvertraut, der sich bereits auf den Weg gemacht hatte, um es seinem Besitzer zurückzubringen. Das war nicht die Lösung, die Ludovico sich gewünscht hätte, denn das Pferd interessierte ihn zwar, aber mehr noch lag ihm daran, seinem Sohn, den er für immer aus seinem Leben verschwunden glaubte, eine letzte, schwere Kränkung zuzufügen.

Was die leise Traurigkeit über den Verlust seiner Frau anging, die sich fast gegen seinen Willen während der Beerdigung, besonders angesichts des Grabes, in das der Sarg hinabgelassen wurde, in Ludovicos Seele eingeschlichen hatte, so schwand sie noch am gleichen Abend schlagartig und verwandelte sich in wilden Zorn, denn während er den Töchtern beim Ausräumen des Zimmers half, das die nun Verstorbene in den letzten Monaten bewohnt hatte, entdeckte er unter dem Bett einen Koffer mit neu erschienenen Büchern und Zeitschriften. Die Flüche und Verwünschungen, die ihm bei diesem Anblick über die Lippen kamen, während die verzweifelt schluchzenden Töchter eilig die Fenster schlossen, damit niemand anders ihn hören konnte, waren ein recht schlechter Abschluß für einen Tag, der mit dem *Requiem aeternam* demütig begonnen worden war.

Danieles aufsehenerregende Flucht gab, wie vorauszusehen, Anlaß zu nicht endenwollenden Erörterungen in den benachbarten Familien. Sogar der Pfarrer sprach vom Altar aus darüber, indem er auf seine Weise die sündigen Ursachen von Danieles Ungehorsam erklärte, »die Ablehnung der mühe- und opfervollen Landarbeit, das Aufbegehren der Sinne, die trügerische Hoffnung auf ein freies Leben in der Stadt«. Aber Ludovico, der bei der Predigt anwesend war, hörte während ihres ganzen Verlaufs nicht auf, zum Zeichen der Verneinung den Kopf zu schütteln.

»Nein, nein, nein«, sagte er vorwurfsvoll zu dem Pfarrer, als er ihm später auf dem Kirchhof begegnete. »Du hast nichts von Daniele begriffen. Sein Fall liegt anders und schlimmer. Nicht der Körper empört sich, sondern die Seele; er ist verrückt.«

»Wem wird Ludovico den Hof vererben?« fragten sich die Nachbarn.

Aber das war eine Frage, die sie ihm nicht direkt zu stellen wagten. Nach der unerhörten Flucht seines Sohnes war er noch finsterer, menschenfeindlicher und unduldsamer geworden. Einige junge Bauern, die bei ihm vorstellig wurden, um ihn um die Hand seiner älteren Tochter zu bitten, wurden mit Verachtung abgewiesen. Um den Nachbarn alle Illusionen zu rauben und gleichzeitig das Gejammer der Mädchen nicht mehr hören zu müssen, verheiratete er sie im gleichen Jahr mit zwei kleinen Angestellten in Bellinzona. Von da an war seine Einsamkeit vollkommen; er verbrachte ganze Tage, ohne ein Wort zu sprechen.

Ludovico erhielt keine Nachrichten von Daniele, und noch weniger bemühte er sich darum; aber was auf Umwegen oder über die Töchter zu ihm drang, hörte er zunächst ungläubig und später nicht ohne Erstaunen.

Daniele hatte, nun da er allein und frei war, nicht ein ungeordnetes Leben begonnen, wie der Vater es prophezeit hatte. Nach einem schwierigen Anfang, den er guten Mutes auf sich nahm, fand er eine gut bezahlte Stellung in Schaffhausen und wurde dort ansässig. Gleichzeitig schien in seinem Charakter eine tiefgreifende Veränderung vorzugehen. Obwohl er weiter mit den gleichen Freunden Umgang hatte, war er viel zurückhaltender und kritischer geworden. Es ließ sich nicht leicht feststellen, ob er auch seine Anschauungen geändert hatte; er selbst leugnete es, aber vielleicht nur aus Stolz. Jedenfalls liebte er es nicht mehr, seine Zeit mit Diskussionen zu verlieren, mit »Geschwätz«, wie er dergleichen neuerdings nannte.

Kurzum, aus dem jungen Revolutionär schien ein gesetzter Bürger geworden zu sein.
Seine Hochzeit mit einem Tessiner Mädchen, deren Eltern seit einigen Jahren in Schaffhausen eine bescheidene Gastwirtschaft führten, in der Daniele gewöhnlich seine Mahlzeiten einnahm, war daher für seine Bekannten keine Überraschung. Ludovico wurde durch die Eltern der Braut davon unterrichtet, die in rührenden Worten ihr Bedauern darüber ausdrückten, daß sie ihn auf Grund der Entzweiung zwischen Vater und Sohn nicht zur Hochzeit einladen konnten. Möglicherweise hofften sie auf eine Sinnesänderung des Alten bei dieser Gelegenheit. Ludovico antwortete nicht einmal, und Daniele erfuhr nichts von dem fehlgeschlagenen Versuch. Obwohl sein alter Groll gegen den Vater die Heftigkeit verloren hatte, mochte er darüber und über seine Kindheit im allgemeinen nicht sprechen; damit und mit manchen anderen Eigenheiten hatte Filomena, seine Frau, sich abfinden müssen.
Aber seine Tochter, die nach dem ersten Ehejahr geboren wurde und der Daniele den Namen seiner Mutter gab, sollte im Laufe der Jahre eine ganz andere Wesensart entwickeln. Sie war ein feingliedriges, zärtliches, leicht erregbares, hin und wieder etwas übermütiges Mädchen. Auch als sie schon alt genug war, um die Großeltern mütterlicherseits, die in Schaffhausen wohnten, jeden Sonntag zu besuchen, machte sie kein Hehl daraus, daß diese sie weit weniger in-

teressierten als der Großvater im Tessin, von dem man in der Familie nicht sprechen durfte. Dieses Verbot hielt ständig ihre Neugier wach, und die kleine Silvia ließ sich keine Gelegenheit entgehen, bei der sie Fragen stellen konnte – nicht nur den Eltern, die mit unbestimmten Phrasen antworteten, sondern auch den Tanten väterlicherseits, mit denen sie in Briefwechsel stand, und den Tessinern, die sie kennenlernte.

Einmal vertraute sie dem Vater an, daß sie als Hausaufgabe einen Aufsatz über das Thema »Meine Großeltern« schreiben müsse, und fragte ihn, was sie über den Großvater Ludovico erzählen solle.

»Was du willst«, gab Daniele zur Antwort.

»Soll ich die Wahrheit schreiben?« fragte Silvia beharrlich.

»Schreib nur alles, was du weißt«, erwiderte der Vater.

Das kleine Mädchen zog auf übertriebene Weise die Stirn kraus.

»Soll ich schreiben«, fragte sie, »daß er dich gleich nach dem Tode der Großmutter aus dem Hause gejagt hat?«

»Wer hat dir denn solch eine Lüge erzählt?« rief Daniele. »Er hat mich nicht aus dem Hause gejagt, sondern ich bin aus eigenem Willen gegangen. Aber du bist noch zu klein, um das zu verstehen.«

»Mutter ist gar nicht mehr so klein«, sagte Silvia schlagfertig, »aber sie weiß noch weniger als ich.«

Die häufigen Fragen fielen Daniele lästig, aber im

übrigen war er sehr entzückt von seiner älteren Tochter – einige Jahre später war ein zweites Mädchen geboren worden –, er war stolz auf sie, spielte viel mit ihr, und sie gingen gern miteinander spazieren. Als er einsah, daß es nicht mehr möglich war, ihrem Wissensdrang auszuweichen, hielt er es für richtiger, den Klatschgeschichten, die aus seiner Heimat bis in die kleine Tessiner Kolonie in Schaffhausen gedrungen waren, eine etwas ernsthaftere und sogar pädagogisch nützliche Erklärung über die Schwierigkeiten seiner Jugend entgegenzusetzen. Er versuchte also, seiner Tochter das fast patriarchalische Leben der alten Tessiner Familien, besonders auf dem Lande, zu beschreiben und ihr schnelles Absinken und Auslöschen in den letzten Jahren, dessen Ursachen von keines Menschen gutem Willen abhingen. Wenn alles bergab geht, so schloß er, dann leidet häufig auch der menschliche Charakter. Silvia konnte nicht alles verstehen, was der Vater ihr erzählte, und den Zusammenhang dieser ganzen Geschichte mit ihrem Vater und den Großeltern begriff sie schon gar nicht; aber sie war trotzdem stolz, daß er ihr Dinge anvertraute, über die er mit anderen Menschen nicht sprach. Ihre Neugier war allerdings nur teilweise und für kurze Zeit befriedigt.

Ein immer wiederkehrender Anlaß für ihre Klagen waren die Ferien. Warum gingen viele ihrer Schulfreundinnen für die Ferien ins Tessin und sie nicht, obwohl sie dort einen – wenn auch bärbeißigen –

Großvater mit einem geräumigen Haus und einem großen Landbesitz hatte? Aber auf diesem Ohr stellte sich Daniele der Kleinen gegenüber taub und sprach ausnahmsweise mit seiner Frau darüber.

»Ich könnte es nicht dulden«, sagte er zu ihr, »daß bei meinem Vater der Verdacht entsteht, wir seien auf die Erbschaft aus.«

Schließlich bot sich für Silvia die Gelegenheit, mit der Schule eine Fahrt nach Locarno zu machen, um dort am Kamelienfest teilzunehmen. Der Ausflug dauerte zwei Tage und spielte sich unter Aufsicht der Lehrer ab. Aber die Schülerinnen, die in Locarno oder in der Umgegend Verwandte hatten, bekamen einen Nachmittag frei. Von diesem Urlaub erfuhr Silvia erst nach der Ankunft am Lago Maggiore, und einige Schwierigkeiten des Planes, der ihr während der ganzen Reise im Kopf herumgegangen war, wurden dadurch gelöst. Sie wußte, wo der Besitz des Großvaters lag, und hätte daher nicht der Versuchung widerstehen können, ihm einen Besuch zu machen; um so besser, daß sie nun nicht gezwungen war, heimlich vorzugehen.

Mit betonter Selbstverständlichkeit begab sie sich also auf den großen Platz und nahm eine Pferdedroschke, die sie im Trab in wenig mehr als einer halben Stunde zu ihrem Ziel brachte. Das Eingangstor war angelehnt.

»Warten Sie hier draußen auf mich«, befahl sie dem Kutscher.

Die dunkle Schultracht schien ihr eine ungewöhnliche Sicherheit zu verleihen, aber als sie das Tor hinter sich hatte, verließ ihr Mut sie mit einem Schlage. Glücklicherweise war es Feiertag, und der Hof menschenleer; so hatte Silvia Zeit, wieder Mut zu fassen und sich etwas umzuschauen.

Sie war kaum vierzehn Jahre alt, aber so schnell hochgeschossen, daß sie älter wirkte. Mit ihrer schlanken, beweglichen Figur, den regelmäßigen Gesichtszügen und zarten Farben und mit den dicken, langen Zöpfen, die ihr über die Schulter hingen, war sie ein sehr erfreulicher Anblick. Sie überquerte mit langsamen, vorsichtigen Schritten den Hof in Richtung auf das Haus zu, das wie ein Mittelding zwischen einer Villa und einem Bauernhaus wirkte. Es war so still, daß man es für unbewohnt hätte halten können, aber im ersten Stock waren zwei Fenster geöffnet, und auf dem Balkon hingen einige Wäschestücke zum Trocknen. Silvia wagte sich beklommen bis in die offene Vorhalle, wobei sie sich immer wieder umschaute. Plötzlich blieb sie stehen. Hinter einer der Säulen der Vorhalle lag, auf einem bequemen, großen Stuhl ausgestreckt, ein alter Diener. Er hatte die Augen halb geschlossen, das weiße Haar war struppig, das Gesicht seit mehreren Tagen nicht rasiert. Er trug einen ausgeblichenen, fleckigen, langen Schlafrock und an den Füßen ausgetretene alte Pantoffeln. Wenn man den Hof des Großvaters nach dem Aussehen dieses Dieners beurteilen sollte, so mußte hier alles sehr heruntergekommen sein. Silvia hüstelte, um die Aufmerksamkeit des Alten auf sich zu lenken. Der Mann riß die Augen auf.

»Wer bist du?« schrie er wütend. »Wo kommst du her, zum Teufel?«

Das Mädchen lächelte, um ihn zu besänftigen, und machte ihm ein Zeichen, er möge leise sprechen.

»Ist Herr Ludovico zu Hause?« flüsterte sie.

»Ich weiß es nicht«, antwortete er. Dann verbesserte er sich: »Doch, er ist zu Hause. Warum willst du es wissen?«

Silvia lächelte ihm wieder freundlich zu, trat näher und drückte ihm eine Münze in die Hand.

»Ich kann dir leider nicht mehr geben«, sagte sie entschuldigend, »weil ich noch die Droschke bezahlen muß, die draußen auf mich wartet.«

Dem alten Diener blieb vor Staunen eine Zeitlang der Mund offenstehen, und seine Augen wanderten mehrmals von dem hübschen Mädchen zu der Silbermünze, die er immer noch in der geöffneten Hand hielt.

»Warum interessiert dich Herr Ludovico so sehr?« fragte er besänftigt. »Was willst du von ihm?«

Das Mädchen sah sich um und vertraute ihm dann flüsternd an:

»Ich bin seine Enkelin, die Tochter von Daniele. Aber ich bin heimlich gekommen.«

Der Alte fuhr zusammen und rieb sich die Augen, wie um sicher zu sein, daß er richtig gesehen hatte.

»Du bist Silvia?« fragte er, nun auch mit gedämpfter Stimme.

Das Mädchen nickte.

»Warum hast du gesagt, daß du heimlich hier bist?«

»Ich bin mit meiner Schule nach Locarno gekommen«, erklärte sie, »aber meinem Vater würde es nicht recht sein, daß ich hier bin.«

»Wirst du es ihm erzählen, wenn du wieder zu Hause bist?«

»Natürlich«, antwortete das Mädchen. »Ich habe keine Geheimnisse vor ihm.«

»Und wird er dich verhauen? «

»Aber nein«, protestierte Silvia, »er ist doch kein Unmensch. Aber es wird ihm nicht gefallen, daß ich ohne seine Erlaubnis hierher gegangen bin.«

»Und warum bist du denn gekommen? Hat deine Mutter dich auf den Gedanken gebracht?«

»Das würde sie nicht wagen.«

»Warum also?«

»Das ist doch nicht schwer zu begreifen, scheint mir«, sagte das Mädchen. »Herr Ludovico ist schließlich mein Großvater. Er soll einen gräßlichen Charakter haben, aber trotzdem bleibt er ja immer noch mein Großvater. Hab' ich etwa unrecht?«

Der Alte lächelte.

»Dein Vater«, begann er, aber er beendete den Satz nicht, machte eine Bewegung, als wolle er eine Fliege verscheuchen, und lächelte wieder.

»Weißt du, daß du deiner Großmutter sehr ähnlich

siehst, deren Namen du trägst?« sagte er. »Auch sie war sehr hübsch, als sie jung war.«
»Das haben mir andere Leute auch schon gesagt«, bestätigte das Mädchen. »Aber vom Großvater habe ich anscheinend ein paar weniger schöne Eigenschaften geerbt.«
»Zum Beispiel?«
»Ich kann sehr dickköpfig sein, und manchmal bin ich auch vorlaut.«
»Nun, was Dickköpfigkeit und Dreistigkeit anlangt«, rief der Diener, »da ist dein Vater auch nicht schlecht versehen.«
Silvia hatte keine Zeit zu verlieren.
»Wie geht es denn dem Großvater?« fragte sie. »Ist er sehr gealtert?«
»Er ist so alt wie ich«, antwortete der Diener. »Auch er spürt jetzt seine Knochen. Und was schlimmer ist, er ist allein, verbittert und hat niemand, auf den er sich verlassen kann.«
Er kaute die Worte, bevor er sie richtig aussprach.
»Jetzt gehe ich ihn holen«, sagte er plötzlich und versuchte mit Mühe, sich zu erheben. »Du wirst vielleicht eine Viertelstunde warten müssen, aber nicht länger.«
»Nein, warte noch«, beschwor ihn Silvia. »Ich hab' Angst.«
»Angst vor deinem Großvater?« sagte der Diener erstaunt. Dann fügte er hinzu: »Es wird ihn freuen, dich kennen zu lernen, keine Sorge.«

Er erhob sich schwerfällig von seinem Sitz – stehend war er riesig groß – und verschwand hinkend in dem dunklen Hauseingang. Silvia wurde plötzlich sehr vergnügt; ihr Plan schien zu glücken.
»Sage ihm aber nicht, daß ich vorhin Angst hatte«, rief sie dem Alten nach.
Nachdem sie allein geblieben war, beschloß sie, einen Gang durch den Gemüsegarten zu machen, um sich die Wartezeit zu verkürzen. Die Beete waren nach allen Regeln der Kunst rechteckig und symmetrisch angelegt. Wenn das Haus des Großvaters, nach dem Diener zu schließen, einen recht vernachlässigten Eindruck machte, so zeugte das Aussehen des Gartens im Gegensatz dazu von besonders sorgfältiger Pflege. Als sie sich umsah, entdeckte das Mädchen, daß die Fenster im ersten Stock hell geworden waren, und behielt sie eine Weile im Auge, vielleicht in der Erwartung, daß der Großvater sie von dort her rufen würde. Aber plötzlich raschelte es hinter der Pergola, und sie lief schleunigst in die Vorhalle zurück. Hier erwartete sie eine noch unangenehmere Überraschung: auf dem Stuhl, wo kurz zuvor der Diener gesessen hatte, lag jetzt zusammengekauert ein gewaltiger Hund mit Feueraugen. Von unüberwindlicher Angst ergriffen, nahm sie erschreckt Reißaus.
Sie war schon weit weg, als Ludovico – der inzwischen den abgetragenen Schlafrock, durch den er mit einem Diener verwechselt worden war, mit einem guten Anzug vertauscht hatte – auf den Hof hinaus-

trat, bereit, mit seiner Enkelin zusammen über seine Verwandlung zu lachen. Er fand sie nicht mehr. Mehrmals durchquerte er den Garten, ließ ihn sogar noch ein Stück hinter sich, immer wieder »Silvia, Silvia« rufend, bis er erschöpft und enttäuscht auf den Gedanken kam, daß er die Begegnung geträumt habe. »Ich werde kindisch«, sagte er zu sich selbst. Aber sogar die bloße Vorstellung war in seinem jämmerlichen Zustand eine Hilfe; so kehrte er also zu seinem Stuhl zurück, setzte sich hinein und schlummerte im Gedanken an die Worte, die er mit der seltsamen Erscheinung gewechselt hatte, wieder ein. Am nächsten Tag zerstreute ein langer Entschuldigungsbrief seiner Enkelin jedoch alle seine Zweifel. Auch er war ja dem Mädchen eine Erklärung schuldig, und da sie inzwischen nach Hause zurückgekehrt sein mußte, schrieb er ihr an die Adresse der Familie. Als Daniele von Silvias Unternehmung erfuhr, war er zunächst natürlich sehr wütend geworden. Aber nach allem, was er dem Brief des Vaters entnehmen konnte, schien das Verhalten des Mädchens nicht ohne »Würde« gewesen zu sein. Jedenfalls war das Eis nun gebrochen.

Nachdem einige Zeit vergangen war, wandte sich Ludovico direkt an seinen Sohn. »Ich komme mir vor, als sei ich von ausgehungerten Geiern umgeben, die meinen Tod erwarten, um sich gierig auf das Aas zu stürzen«, schrieb er ihm. »Der Hof macht vielen Leuten den Mund wäßrig. Mit deinen Schwestern ist nicht zu rechnen; sie waren seit jeher Tränensusen, und ihre Männer sind wachsweiche Kleinbürger. Dagegen habe ich an deiner Energie keine Zweifel. Und inzwischen sollst du sogar zur Vernunft gekommen sein. Besser spät als nie. Ich würde dir also den Hof vererben, unter der Bedingung, daß du ihn nicht verkaufst und wieder zurückkommst, um ihn selbst zu bewirtschaften.« Die Antwort ließ etwa einen Monat lang auf sich warten und war denkbar einsilbig: »Ich habe es mir gut überlegt«, schrieb Daniele zurück. »Ich nehme an.« Kein Wort weiter. Durch die Verspätung und die übertriebene Knappheit der Antwort mißtrauisch geworden, antwortete Ludovico, daß er natürlich Danieles Verpflichtung gesetzlich festlegen wolle. Diesmal reagierte der Sohn sofort: »Mein Wort ist mehr wert als der Schriftsatz eines Notars«, schrieb er. »Wenn du mir nicht traust, kannst du deinen Besitz verschenken an wen du willst.« »Du bist ein unverschämter Kerl geblieben«, telegrafierte ihm der Vater und vermachte ihm den Hof. Im Grunde ähnelte Daniele ihm mehr, als er je geglaubt hätte.

Bei zwei so gearteten Männern war es nicht verwunderlich, daß kein Außenstehender etwas von der Abmachung erfuhr. Als Daniele daher nach Ludovicos Tod wieder auftauchte, um von Haus und Hof Besitz zu ergreifen, fühlten die Nachbarn sich beraubt und waren tief empört.

Es geschieht nicht oft, daß ein früherer Bauer wieder

aufs Land zurückkehrt, nachdem er sich einmal an die Stadt gewöhnt hat. Aber obwohl Daniele soviele Jahre lang ein guter Arbeiter gewesen war, hatte er das Äußere eines Bauern bewahrt, und mehr noch als das Äußere: seine Neigungen, seine Art zu sprechen und zu lachen waren die eines Landmenschen geblieben. Die Rückkehr zur Landarbeit und zur heimatlichen Umwelt war ein Ereignis, das für ihn mancherlei Gemütsbewegungen und unvermeidliche traurige Erinnerungen mit sich brachte. Jetzt wachte er wieder beim ersten Hahnenschrei auf, sah als erstes nach dem Wetter und erkannte mühelos die Fußspuren der Tiere auf den staubigen Wegen.

Auf einem der ersten Spaziergänge, den er mit Silvia machte, um ihr die Gegend zu zeigen, bewegte sich plötzlich etwas hinter einem Busch.

»Das war ein Hase«, sagte er lachend.

»Wo ist er? Hast du ihn gesehen?« fragte das Mädchen.

»Nein, ich habe ihn nicht gesehen«, antwortete er.

»Wie hast du denn erraten, daß es ein Hase war«, wollte das Mädchen wissen.

»Ich weiß nicht«, antwortete er errötend.

Aber die Nachbarn betrachteten ihn trotzdem als einen Eindringling.

»Warum bist du zurückgekommen?« fragten sie ihn, sobald er Miene machte, sich über irgend etwas zu beklagen. »Lebt es sich denn nicht besser in der Stadt?«

Daniele ließ sie reden, verkehrte immer weniger mit ihnen und grüßte sie kaum noch, trotz seines geselligen Charakters oder vielleicht gerade deswegen – um sich nicht streiten zu müssen. Aber die Folge davon war, daß er nicht mehr wußte, an wen er sich wenden sollte, wenn er einen freundschaftlichen Rat brauchte. Die Tagelöhner von jenseits der Grenze, die in dieser Gegend immer zur Verfügung standen, konnten wohl die groben Arbeiten erledigen, aber bei jedem schwierigeren Vorhaben mußte er sich allein behelfen.

2

Kurz bevor die neue Sau ihre Ferkel werfen sollte, war Daniele, ohne seine Besorgnisse in der Familie zu zeigen, zum Tierarzt gegangen, um sich von ihm beraten zu lassen, und hatte sich dann genau an dessen Vorschriften gehalten. Schon am Vortage hatte er damit begonnen, indem er das Tier, trotz seinem klagenden Gegrunze, auf strenge Diät gesetzt und ihm einen Rizinuseinlauf gemacht hatte. Aber er brauchte auch jemanden, der im Notfall mit zugreifen konnte. Da er auf seine Frau und seine beiden Töchter bei derartigen Verrichtungen nicht zählen konnte – vielmehr nicht zählen wollte, weil es sich um grobe und schmutzige Arbeit handelte – hatte er Agostino zu Hilfe gerufen, seinen aus Bergamo stammenden Freund, der vor etlichen Jahren in die Schweiz übergesiedelt war wie so viele andere aus seiner Gegend. Sie hatten sich in Schaffhausen kennengelernt und waren bald Freunde geworden. Später hatten sie sich im Tessin wiedergefunden, ohne daß es recht klar geworden war, ob die Freundschaft zu Daniele oder die Liebe zu Silvia, Danieles älterer Tochter, Agostino

angezogen hatte – vielleicht das eine und das andere.
»Was kann Agostino dir nützen?« hatte Filomena zu ihrem Mann gesagt.
Filomena sah die häufigen Besuche des Bergamasken in ihrem Hause nicht gern. Er war ein anständiger Kerl, gewiß, aber zehn Jahre älter als Silvia, war arm und trank gern. Außerdem war sie der festen Überzeugung, daß die Italiener galante Verlobte und schlechte Ehemänner seien.
»Agostino hat eine glückliche Hand«, sagte Daniele und versuchte, das Thema zu wechseln.
»Er ist Maurer«, erwiderte Filomena hartnäckig, »und versteht nichts von Tieren, was soll er dir nützen?«
»Er arbeitet als Maurer«, gab Daniele zu, »aber er ist auf dem Lande aufgewachsen und kann mit Tieren umgehen.«
»Genügt das denn?« fragte Filomena.
»Vielleicht genügt es«, warf Silvia ein. »Sogar Raubtiere gehorchen dem, der ihnen ohne Angst entgegentritt.«
»Wer hat denn Angst vor einer Sau?« entgegnete Filomena, gereizt durch die Worte ihrer Tochter. »Kein Mensch hat Angst vor einer Sau, und doch ist es nicht jedermanns Sache, ihr beizustehen, wenn sie sich in einer schwierigen Lage befindet.«
»Die Wahrheit ist«, sagte Daniele abschließend, »daß ich mich in Agostinos Gegenwart sicherer fühle. Aber den Grund könnte ich nicht nennen.«

Mehr war dazu nicht zu sagen, und Silvia lächelte dem Vater voller Dankbarkeit zu.

Es hatte gut begonnen. Drei Ferkel waren glatt herausgeschlüpft, wie drei Mäuse aus einem Weinschlauch. Agostino lachte und hüpfte vor Freude. Er lobte die Sau wegen der ungewöhnlichen Schönheit ihrer Sprößlinge mit den Worten, die man jeder Wöchnerin sagt, und es schien seine Hauptsorge, für jedes Ferkel einen besonders eigenartigen Namen zu finden.

»Sei still«, sagte Daniele zu ihm, »es kann noch schlecht ausgehen.«

Beim vierten Ferkel entstand eine Stockung. Die Sau schien erschöpft zu sein. Sie lag auf dem Stroh hingestreckt, eine gewaltige Masse leidenden Fleisches, eine graue, warme, weiche Masse, die von Zuckungen und klagenden Lauten bewegt wurde. Die beiden Männer sahen einander unschlüssig an; Daniele brach der kalte Schweiß aus. Sollten sie ihr Zeit lassen, sich auszuruhen? Konnte die Verzögerung verhängnisvoll werden? Agostino nahm eine Flasche Schnaps aus dem Korb, der auf dem Dach des Schweinestalles stand, und tat einen kräftigen Schluck.

»Du solltest auch trinken«, rief er dem Freund zu.

»Wenn ich fertig bin«, antwortete Daniele, ohne den Blick von dem leidenden Tier zu wenden.

»Ich erinnere mich an die Kuh eines Onkels ...«, begann Agostino zu erzählen.

»Halt sie an der Schnauze fest« befahl Daniele barsch.

Gleichzeitig fuhr er mit dem nackten Arm in die aufgerissene Scheide und zog das widerspenstige Ferkel heraus, so daß der Weg für die anderen frei wurde: sieben im ganzen.

Daniele stieß einen Seufzer der Befriedigung aus und lächelte, zum erstenmal an diesem Tag.

»Wir haben es geschafft«, sagte er.

»Ein Mechaniker und ein Maurer«, sagte Agostino lachend, »wir haben es geschafft. Jetzt nimm einen Schluck.«

»Wir sind noch nicht fertig«, sagte Daniele.

Während Agostino das beschmutzte Stroh fortschaffte und den Boden des Stalles reinigte, sorgte Daniele für die Abnabelung der Ferkel, um Infektionen zu verhüten. Er war müde und zufrieden. Jetzt waren seine Bewegungen rasch, bestimmt und ruhig, fast liebevoll. Diesmal würden ihn die Nachbarn nicht auslachen. Dann legte er die Tierchen, eins neben das andere, in eine Kiste, die zur Hälfte mit sauberem Stroh gefüllt war, und deckte sie mit einem wollenen Tuch zu.

»Gehen wir zum Brunnen uns waschen«, sagte er schließlich.

»Weißt du, daß Silvia mich zum Abendessen eingeladen hat?« sagte der Bergamaske. »Aber vielleicht wird deine Frau ...«

»Dieses eine Mal hast du es dir verdient«, beruhigte Daniele ihn lachend.

Auf dem Platz vor der Haustür saßen Silvia und eine

kleine, ärmliche alte Frau auf einem Baumstumpf in der Sonne. Nunziatina zeigte dem Mädchen an einem Stückchen Stoff, wie man ein Knopfloch macht. Als die beiden Männer näher kamen, erhob sich die Alte sofort voller Respekt.

»Denk doch, Silvia, wir haben es geschafft«, verkündete Agostino lachend. »Ein Mechaniker und ein Maurer, besser als eine Hebamme.«

»Ihr seid tüchtig«, sagte das Mädchen, »jetzt werdet ihr Durst haben.« Dann fuhr sie fort: »Vater, wir haben hier auf dich gewartet, um dich nicht zu stören, aber Nunziatina muß dich dringend sprechen.«

»Hätte sie das nicht mit deiner Mutter abmachen können?« fragte Daniele.

»Ich weiß nicht«, sagte Silvia. »Anscheinend nicht.« Dann fügte sie hinzu, um ihm die Wichtigkeit der Sache begreiflich zu machen: »Sie hat den Weg von einer Stunde zu Fuß gemacht, um dich zu sprechen.«

»Wenn deine Mutter nicht eifersüchtig ist«, sagte Agostino zu Silvia, »können wir die beiden allein lassen. Komm, ich zeige dir die Neugeborenen. Sie sind schön wie ihre Mutter und klug wie ihr Vater.« Er nahm sie bei der Hand und führte sie zu der Kiste mit den Ferkeln.

Mit Daniele allein geblieben, erlebte Nunziatina einen Augenblick der Verlegenheit. Sie war schwarz gekleidet, klein, alt, grauhaarig, sehr zaghaft und leicht einzuschüchtern.

Auch sie stammte aus Italien, genauer gesagt aus Florenz. Seit dreißig Jahren lebte sie im Tessin, wohin sie, schon in reiferem Alter, einem Mann nachgereist war. Sie hatte ihm ihre ganzen Ersparnisse anvertraut und dafür einen falschen Namen und eine Adresse in Locarno erhalten, wo niemand ihn kannte. Da sie ihren armen Verwandten und ihren Freundinnen in Florenz den erlittenen Betrug nicht eingestehen wollte, hatte Nunziatina sich damit abgefunden, im Ausland zu bleiben und allein zu leben. Sie wurde »die kleine Schneiderin« genannt, obwohl sie fast nie Gelegenheit hatte, ein ganzes Kleid zu nähen. Das wenige Geld, das sie brauchte, verdiente sie sich mit Flickarbeiten im Hause der Kunden. Bei einer ganzen Reihe von wohlhabenden Familien war sie inzwischen gut bekannt und wurde regelmäßig ins Haus bestellt, wohl nicht so sehr wegen der Flickarbeiten, die auch jemand anderes hätte besorgen können, als wegen der Neugier und der Sympathie, die sie durch ihr feierliches, höfliches, aber durchaus nicht serviles Benehmen geweckt hatte, und mehr noch vielleicht wegen ihrer florentinischen Sprechweise, die sich bei ihr, auch im Kontakt mit einem so andersartigen Dialekt wie dem Tessiner, unverfälscht und voller Anmut erhalten hatte. Von der Arbeit abgesehen, war ihr Leben jedoch trübselig und einsam.

»Sie wissen, daß ich mich immer nur um meine eigenen Angelegenheiten gekümmert habe«, begann Nunziatina, als sie Mut gefaßt hatte.

»Ich auch«, unterbrach Daniele sie barsch. »Wenn es

sich also um Ihre Angelegenheiten handelt, so teile ich Ihnen mit, daß sie mich nicht interessieren.«

Nunziatinas Augen füllten sich mit Tränen.

»Entschuldigen Sie vielmals, dann will ich nicht stören«, sagte sie und wandte sich zum Gehen. Aber der demütige Ton ihrer Stimme rührte Daniele, der sich wieder gefangen hatte.

»Warten Sie«, sagte er, »jetzt sind Sie nun einmal hier und haben so einen weiten Weg gemacht.«

»Ehrlich gesagt«, fuhr Nunziatina fort, und ihre Lippen bebten wie die eines Kindes, »weiß ich selbst nicht, ob es meine Angelegenheiten sind oder die von anderen Leuten. Würden Sie etwas Geduld haben? Sehen Sie, es handelt sich um seltsame Dinge, wie sie mir noch nie vorgekommen sind.«

Sie waren unter einem Bogen der Vorhalle stehengeblieben. Die Sonne ging unter, und vom See her begann ein leichter Wind zu wehen.

»Setzen wir uns auf diese Bank«, schlug Daniele vor, »und erklären Sie mir kurz, worum es sich handelt.«

Sie setzten sich auf eine hölzerne Bank neben der Haustüre. Nunziatina überlegte einen Augenblick, um den Faden der Erzählung wiederzufinden, die sie im Sinn hatte.

»Wissen Sie«, begann sie, »seit wieviel Jahren ich in dieser Gegend lebe? Ihre Mutter lebte noch, die liebe, unglückliche Frau Silvia, als ich zum erstenmal den Fuß in dieses Haus setzte.«

Die Ärmste versuchte Zeit zu gewinnen.

»Bitte«, sagte Daniele, »lassen Sie die Einleitung weg. Wir kennen uns doch.«
Nunziatinas Gesicht verzog sich, als müßte sie einen harten Bissen herunterschlucken.
»Gestern nachmittag«, begann sie, »als ich an der Kirche vorbeikam, ging ich wie gewöhnlich zur Anbetung des Sakraments hinein. Als ich nach Hause komme, sagt meine Nachbarin zu mir: ›Es war ein Herr da und hat nach dir gefragt.‹ ›Was hat er mir sagen lassen?‹ frage ich. ›Nichts‹, sagt sie, ›er wollte dir einen Besuch machen.‹ ›Ein Herr?‹ sage ich. ›Ein Mann? Hat er denn nicht seinen Namen genannt?‹ ›Ein gut aussehender Herr‹, sagt sie, ›ein alter Bekannter von dir aus Florenz, wenn ich richtig verstanden habe.‹ ›Wie alt ist er denn etwa?‹ frage ich, ›wie sieht er aus?‹ ›Ein älterer gut aussehender Herr‹, sagt sie. ›Er hat versprochen, im Laufe des Abends wiederzukommen, mach dir keine Gedanken.‹ Sie müssen wissen, Herr Daniele, daß ich in meiner Wohnung noch nie einen Mann empfangen habe. Meine Kundinnen lassen mich von ihren Töchtern holen oder hinterlassen mir einen Zettel in der Milchhandlung im Haus. Wer mochte es sein? Ich hatte solches Herzklopfen. In großer Eile lief ich auf die Straße hinunter, um ein paar Blumen, etwas Kaffee und Gebäck zu besorgen, und behielt dabei immer die Haustür im Auge, damit er nicht während meiner Abwesenheit zurückkäme. Ich rückte gerade die Möbel in meinem kleinen Wohnzimmer zurecht, als der Herr wiederkam. Es

war ein Unbekannter. Er sah so aus, wie meine Nachbarin ihn beschrieben hatte: ein älterer, gut gekleideter, gutmütig aussehender Herr. Ein Toskaner, das habe ich gleich gemerkt, als er noch kaum den Mund aufgetan hatte, aber aus der Provinz, nicht aus Florenz. ›Ich muß Sie sprechen‹, sagt er zu mir, ›ich bringe Ihnen Nachrichten aus Florenz, die Ihnen sicher Freude machen werden.‹ Ich habe ihn aufgefordert, Platz zu nehmen.«

»Hat er Ihnen Nachrichten von Ihren Verwandten überbracht?« fragte Daniele, ziemlich gelangweilt durch die Weitschweifigkeit der Erzählung. »Gute Nachrichten?«

»Die Nachrichten dieses Herrn«, fuhr Nunziatina fort, »betrafen weder meine Verwandten noch irgendwelche Bekannten, sondern die Stadt Florenz und sozusagen ihr Panorama. Kurzum, es war ein jämmerlicher Vorwand, damit ich ihn anhören sollte. Ich hatte ihm gerade gesagt: ›Ich mache Ihnen eine Tasse Kaffee‹, als ich die List bemerkte, und natürlich blieb der Wasserkessel nun unbenutzt auf dem Spülstein stehen. Er hat sich also hingesetzt und angefangen, von den vielen Leuten zu sprechen, bei denen ich hier aus- und eingehe. ›Sie werden in Dutzenden von guten Familien empfangen‹, hat er mir gesagt. Ich habe ihn unterbrochen. ›Woher wissen Sie das?‹ habe ich ihn gefragt, ›sind Sie vielleicht von hier?‹ ›Ich weiß alles‹, hat er mir geantwortet, mit einem Lächeln, das mich erschauern ließ. ›Vielmehr: *wir* wissen alles‹, hat er hinzugefügt, jede einzelne Silbe betonend. Dann ist er mit seinen falschen Komplimenten fortgefahren: ›Sie hören Hunderte von Unterhaltungen mit an ... Niemand fürchtet sich, in Ihrer Gegenwart zu sprechen ...‹ (Nur noch ein wenig Geduld, Herr Daniele, ich bin gleich fertig.) Dann hat der Herr noch etwas auf mich eingeredet, so wie man zu Schulkindern spricht, wissen Sie, über die Liebe, die jeder seiner Heimat entgegenbringen muß, und über die Pflicht, dem Vaterland zu dienen ... Schöne Worte, heilige Worte sogar. ›Aber ich bin doch kein junger Mann, der zum Wehrdienst einberufen wird‹, habe ich ihm zu bedenken gegeben, denn bei seiner Art zu reden war mir eine Abbildung von Soldaten in meinem Schulbuch eingefallen, unter der stand: Sie dienen dem Vaterland. Fast wäre mir das Lachen gekommen, wenn die Einleitung seiner Rede mich nicht schon in Unruhe versetzt hätte ...«

»Hat er Ihnen ein Angebot gemacht?« fragte Daniele barsch.

Nunziatina achtete nicht auf seinen unfreundlichen Ton und antwortete schlicht: »Ja, er hat mir sogar Geld versprochen. Eine bestimmte Summe im Monat. Es könnte dazu dienen, hat er erklärt, mir ein sorgenfreies, angenehmes Alter zu sichern. Andernfalls...«

»Hat er Ihnen gedroht?«

»... könnte man mir die Erneuerung meines Passes verweigern und mich zwingen, wieder nach Florenz zurückzukehren.«

»Und?« fragte Daniele. »Haben Sie angenommen?«
»O!« rief die Ärmste aus, mehr erstaunt als beleidigt. Aber Daniele fuhr mit harter Stimme fort:
»Jetzt sagen Sie mir vor allem, wer Sie zu mir geschickt hat.«
»Niemand«, beteuerte Nunziatina. »Wer sollte mich denn schicken? Ich kenne den Weg doch allein.«
»Warum sind Sie nicht zu anderen Bekannten gegangen?« fragte Daniele mit wachsendem Mißtrauen weiter. »Warum haben Sie den weiten Weg gemacht?«
Sie gab ohne weiteres nach.
»Ich bin auch bei anderen gewesen«, sagte sie leise. Sie hatte nicht mehr die Kraft, sich zu verstellen. Sie konnte nicht mehr. Und warum sollte sie ihm etwas vormachen? Mit einem Schlage fühlte sie die Müdigkeit und die Demütigung dieses Tages, den sie nach einer schlaflosen Nacht fast ohne einen Bissen anzurühren, unterwegs verbracht hatte. Es war ein eintöniger Leidensweg gewesen, von Haus zu Haus, zu den Familien, bei denen sie gewöhnlich am freundlichsten aufgenommen worden war. Wenn sie ihre mühselige Erzählung beendet und bescheiden um einen Rat gebeten hatte, um einen freundlichen moralischen Beistand, dann hatte sie erlebt, daß die lächelnden Gesichter innerhalb eines Augenblicks ihren Ausdruck wechselten, sich argwöhnisch verschlossen und in eisige Masken verwandelten. Wenige Stunden hatten ihr ganzes Leben verändert. Die Höflich-

keit, die Liebenswürdigkeit, auch eine gewisse Anteilnahme, mit der man sie in allen Familien, in denen sie verkehrte, immer empfangen hatte, waren verschwunden. Sie wurde von Entsetzen gepackt. Sie versuchte, die Tränen zurückzuhalten, aber es gelang ihr nicht. Sie hielt die Hände vors Gesicht und weinte.

»Entschuldigen Sie«, brachte sie mit Mühe hervor. Es war ihr unangenehm, vor einem fremden Menschen zu weinen; nicht aus Stolz, sondern weil sie niemand belästigen mochte. Sie wurde am ganzen Körper von Angst geschüttelt wie ein von panischem Schrecken ergriffenes Kind. Daniele war sehr peinlich berührt von dieser Szene und wußte nicht, was er tun sollte.

»Beruhigen Sie sich doch, beruhigen Sie sich«, sagte er immer wieder mit gereizter Stimme.

Dann faßte er einen Entschluß.

»Ich bin gleich wieder zurück«, sagte er und ging Agostino und Silvia entgegen, die unter den Weinlauben lachend hintereinanderherliefen.

»Entschuldige uns einen Augenblick«, sagte er zu seiner Tochter und nahm Agostino beiseite. Auf- und abgehend verhandelten sie eine gute Weile miteinander. Als Agostino zu dem Mädchen zurückkehrte, sah er ernst und besorgt aus.

»Ich komme ein andermal zum Essen«, erklärte er. »Heute abend habe ich zu tun.«

»Was sollen all diese Geheimnisse?« sagte Silvia unzufrieden.

3

Im Zimmer der Mädchen war das Licht kurz zuvor gelöscht worden, als sie das erwartete Knarren der Pforte vernahmen.

»Hast du gehört?« flüsterte Luisa.

»Ja«, antwortete Silvia. »Wieviel Uhr ist es?«

Luisa streckte eine Hand aus, um die Nachttischlampe einzuschalten.

»Viertel nach drei«, sagte sie und machte wieder dunkel.

»Weiß der Teufel, wo er wieder so lange gewesen ist«, brummte Silvia.

»Auch er wird noch eine andere Frau haben«, sagte Luisa entschieden. »Es heißt, daß alle Männer hier bei uns außer der eigenen Frau noch mindestens eine andere brauchen. «

»Wer erzählt dir nur solchen Unsinn? sagte Silvia vorwurfsvoll. »Ich glaube nicht, daß Vater so eine schmutzige Bekanntschaft hat.«

»Vielleicht ist sie auch sauber, was wissen wir denn«, gab Luisa zurück. »Ich wollte nur sagen, er ist eben ein Mann wie alle anderen.«

»Aber hast du denn nicht bemerkt«, sagte Silvia, »daß er in seinem Arbeitsanzug fortging und ohne sich vorher rasiert zu haben.«

»Glaubst du vielleicht, daß die Männer sich jedesmal vorher rasieren?« fragte Luisa. »Und was den Anzug angeht, den werden sie doch sicher ausziehen, oder nicht?«

»Luisa«, sagte Silvia entrüstet, »du solltest dich wirklich schämen, in deinem Alter solche Gedanken zu haben.«

Aber das wahre Schamgefühl stellt sich, ebenso wie sein Gegenteil, erst in einem gewissen Alter ein. Luisa war davon noch weit entfernt, während Silvia sich gerade in einem Entwicklungsstadium befand, in dem sie über gewisse Dinge nicht einmal mit dem Vater sprechen mochte, dem sie früher alles anvertraut hatte. Wenn er sie jetzt fragte: »Wie geht es mit Agostino?« dann antwortete sie: »Gut, sehr gut« und wechselte das Thema.

»Weißt du, über wen ich mich wundere? Über Mutter«, fuhr Luisa fort.

»Ich mich gar nicht«, sagte Silvia. »Sie hat ihn eben gern.«

»Ja, aber wie eine Magd«, erwiderte Luisa. »Wie eine weinerliche Magd. Bringt dich das nicht auch in Wut?«

»Versuch jetzt zu schlafen«, sagte Silvia.

Einige Föhntage gaben den entscheidenden Anstoß für den Beginn der guten Jahreszeit. Die Bergwässer färbten sich gelb und wurden reißend. Über der Ebene, die durch das geradlinige Band des Kanals in zwei Teile geschnitten war, lag ein warmer Dunst. Es waren schlaflose Nächte für wetterfühlige Menschen und für die Natur. Die Knospen der Bäume wurden mit einem Schlage prall und blank, und Wegsäume und Grabenränder bedeckten sich mit zartem Grün.

Einen dieser schönen Morgen benutzte Daniele dazu, die Weinreben an der Pergola von Schädlingen zu reinigen. Er scheuerte die Stämme mit einer Metallbürste, bis die Rinde sich ablöste und die verborgenen Insektenpuppen zum Vorschein kamen, und Silvia begoß sie mit kochendem Wasser. Das Mädchen war ungewöhnlich lebhaft. Sie hatte für diese Gelegenheit eine große Schürze angelegt und ein rotes Kopftuch umgebunden.

Schwärme von winzigen Spatzen umflatterten die kahlen Bäume, während einige Raben auf der Suche nach Würmern im Gras herumhüpften. Der See war nur hier und da durch die Bäume und das Schilf hindurch sichtbar und wirkte wie eine Verlängerung der Felder. In der Luft war der zarte Duft der wiedererwachenden Erde.

Silvia war groß und schlank, aber um einige höhere Zweige zu erreichen, mußte sie sich auf die Zehenspitzen stellen und die Arme ausstrecken. Bei einer dieser Bewegungen fing sie einen wohlgefälligen Blick des Vaters auf.

»Was hast du denn?« fragte sie ihn.

»Ich will nicht prahlen«, antwortete er, »aber du siehst nicht schlecht aus.«

»Was?«

»Vorhin sah es aus, als würdest du gleich losfliegen.«

»Schön wär's.«

»Hättest du wirklich Lust dazu?«

»Gewiß, aber abends käme ich wieder nach Hause.«

»Wie eine zahme Taube.«

Der Vergleich mit der Taube stimmte das Mädchen heiter, und sie versuchte noch mehrmals die Bewegung des Abfliegens. Gerade deswegen arbeitete sie gern mit dem Vater; mit ihm gab es immer Augenblicke, wo selbst eine mühsame Arbeit zum Spiel wurde. Und obwohl er, auch abgesehen vom Altersunterschied, in manchen Dingen sehr anders war, mußte sie gleich an Agostino denken. Die seltsamen Ähnlichkeiten, die sie immer wieder an den beiden Männern entdeckte, vergnügten die Beteiligten und überzeugten niemanden, am wenigsten Filomena.

»Haben sie nicht den gleichen Blick?« fragte Silvia.

»Red' doch keinen Unsinn«, entgegnete die Mutter. »Daniele hat viel hellere Augen.«

»Ich meine nicht die Farbe der Augen, sondern den Blick«, widersprach das Mädchen.

Vater und Tochter standen einander also sehr nah und waren unzertrennlich. Und da Luisa, die jüngere Schwester, in Locarno die Mittelschule besuchte und fast den ganzen Tag von zu Hause fort war, mußte Filomena die häuslichen Arbeiten allein verrichten.

Allmählich hatte sie es aufgegeben, sich zu beklagen. Während sie wieder einmal mit dem Eimer voll kochenden Wassers von der Küche zur Pergola ging, sah Silvia einen mit Ziegeln beladenen Lastwagen kräftig hupend auf der Straße anhalten, die an dem Hof vorbeiführte. Das Mädchen erkannte sofort den Mann, der neben dem Fahrer saß, stellte das Wassergefäß hin und lief unter lauten Freudenrufen zum Vater. Inzwischen war Agostino von dem Lastwagen heruntergesprungen, um die Freunde zu begrüßen.

»Du hast sicher Durst«, sagte Silvia zu ihm. »Soll ich Wein holen?«

»Nein, ich bin in Eile«, entschuldigte sich Agostino. »Wir haben uns schon verspätet.«

Er hatte einen Bart von etlichen Tagen, der dicht und gleichmäßig war wie das Fell eines Hammels, eines staubigen erdfarbenen Hammels.

»Wie steht es mit der bewußten Angelegenheit?« fragte Daniele.

»Es hat eine Verzögerung gegeben, weil die kleine Schneiderin krank geworden ist«, antwortete er. »Aber es ist nichts Ernstes.«

»Ist sie einverstanden?«

»Mir scheint – ja.«

»Du darfst sie keiner Gefahr aussetzen«, mahnte Daniele.

»Vater«, begann Silvia in fragendem Ton, nachdem Agostino sich entfernt hatte.

»Willst du wissen, was jetzt noch zu tun ist?« fragte

der Vater. »Genug mit dem heißen Wasser. Du kannst die abgelösten Stückchen Rinde aufsammeln und verbrennen.«

Das Mädchen gehorchte. Daniele sah, wie sie am anderen Ende anfangend die Pergola entlang ging und sich vor jeder Rebe hinkniete, um die winzigen Stückchen Rinde in einem Korb einzusammeln. Im November war sie zwanzig Jahre alt geworden, und der Vater beobachtete sie voller Stolz und Besorgnis. Auch ein Vater weiß – nicht weniger als alle anderen Männer – die Schönheit seiner Tochter zu erkennen und zu schätzen. Daniele sah mit Erstaunen, wie das tägliche Leben an der freien Luft in kurzer Zeit die Disharmonie des zu schnellen Wachstums während der Entwicklungsjahre ausgeglichen hatte, ohne die Zartheit der Züge zu gefährden. Die goldbraune Hautfarbe stand jetzt in vollkommenem Einklang mit dem prächtigen kastanienbraunen Haar und den großen hellen Augen des Mädchens, und jede ihrer Bewegungen war voller Grazie. Sie wirkte wie eine schöne Frucht, die zur Reife gelangt ist. Dabei hatte sie ohne Zweifel am meisten von der Familie unter der Rückkehr aufs Land gelitten, und insgeheim trauerte sie sicherlich der Stadt nach, den Kinos, den schönen Läden, den Straßen, die auch in der schlechten Jahreszeit sauber und voller Menschen waren. Aber sie beklagte sich nie, um den Vater, den sie oft von unverständlichen Sorgen bedrückt sah, nicht noch mehr zu betrüben.

Als Daniele ins Haus ging, um ein Gerät zu holen, sah er seine Frau in lebhaftem Gespräch mit einigen Nachbarn am Zaun stehen. Filomena machte ihm ein Zeichen, er möge näherkommen. In der vergangenen Nacht waren mehrere Hühnerhöfe in Cadenazzo und in Robosacco von einem Fuchs verwüstet worden.

»Ungefähr zwanzig Hühner«, berichtete eine Frau, »hat man mit durchgebissener Kehle ausgeblutet aufgefunden.«

»Wenn das so ist«, bemerkte ein alter Bauer, »dann war es kein Fuchs, sondern ein Marder.«

»Es war ein Fuchs«, sagte ein anderer. »In einem Hühnerhof sind von den ganzen Hühnern nur die Flügelfedern übrig geblieben.«

»Du mußt auch etwas tun«, sagte Filomena zu ihrem Mann. »Einmal ist uns der Hühnerbestand schon durch die Seuche zusammengeschmolzen; und dieses Jahr der Fuchs – das hätte uns noch gefehlt.«

»Ich werde die Falle aufstellen«, sagte Daniele.

»Glaubst du, daß das genügt?« fragte der alte Bauer. »Der Fuchs ist schlau wie der Teufel: bevor er an den Köder herangeht, prüft er das Gelände, und den Brocken packt er nicht direkt mit dem Maul, sondern er lockert ihn und zieht ihn mit der Pfote zu sich heran.«

»Die Falle soll nichts nützen?« sagte Daniele. »Es ist das erstemal, daß ich das höre.«

»Es ist das erstemal«, entgegnete der Alte mit spöttischem Lächeln, »weil du früher in der Stadt gelebt hast. Die Füchse, die es in der Stadt gibt, verkauft der Pelzhändler.«

Einige Männer lachten schadenfroh, aber einer der anwesenden Bauern stellte die Sache richtig.

»Auf die Falle kann man nicht verzichten«, sagte er. »Aber es ist sehr nützlich, außerdem in der Umgebung des Hühnerhofes ein paar vergiftete Bissen auszulegen.«

»Was soll das nützen?« fragte der Alte. »Ein Fuchs muß wirklich sehr verhungert und schwachsinnig sein, wenn er in der Nähe eines Hühnerhofes damit Zeit verliert, irgendeinen Dreck zu fressen, der am Boden verstreut liegt.«

»Das ist oft vorgekommen«, erwiderte der andere.

»Wie oft denn schon?« fragte der Alte hartnäckig. »Aber nehmen wir nur an, daß der Fuchs anbeißt: der Erfolg ist durchaus nicht sicher. Niemand hat die richtige tödliche Dosis Strychnin für einen Fuchs angeben können, den er noch nie gesehen hat.«

»Wenn es nach dir ginge«, sagte der andere lachend, »müßte man wohl erst seine Bekanntschaft machen und ihn dann zum Abendessen einladen?«

»Wenn der Fuchs groß und stark ist«, fuhr der Alte fort, ohne sich um das Gelächter zu kümmern, »und die Strychninmenge gering, dann wird er höchstens etwas Leibweh bekommen, das ihn nicht hindern wird, deine Hühner zu fressen.«

»Natürlich, Strychnin muß man lieber reichlich nehmen«, sagte der andere.

»Nein«, widersprach der Alte, »wenn du eine zu reichliche Dosis gibst, erbricht der Fuchs sie sofort und frißt deine Hühner mit doppeltem Appetit.«

»Also«, schloß Daniele, »ist es deiner Meinung nach unmöglich, sich gegen einen Fuchs zu sichern?«

»Man muß sich zu helfen wissen«, antwortete der Alte und machte ihm ein Zeichen, er möge sich nähern, da er ihm etwas ins Ohr sagen wollte. »Das unfehlbare Mittel«, flüsterte er ihm zu, jedoch so, daß auch die anderen es hörten, »wäre, den Fuchs mit beiden Händen am Schwanz zu packen und zum Fleischer zu tragen.«

Nach diesen Worten fing er schallend an zu lachen und ging unter dem Gelächter der anderen fort.

»Was wirst du tun?« fragte Filomena ihren Mann, als sie wieder allein waren.

»Ich stelle die Falle auf«, sagte Daniele. »Was soll ich sonst machen?«

»Heute eine Gefahr, morgen die andere«, seufzte die Frau. »Man kommt nie zur Ruhe.«

So nahm Daniele die Gewohnheit an, jeden Abend eine Falle vor dem Hühnerstall aufzustellen. Er bedeckte sie mit trockenen Blättern und verteilte in der Umgebung einige Fleischbrocken und Kastanien, die er mit Strychnin vergiftet hatte. Aber der Fuchs war auf der Hut.

»Man muß Geduld haben«, sagte Daniele zu Silvia, die ihm dabei half.

4

»Du siehst etwas müde aus«, sagte Silvia zu ihm.

»Findest du?«

»Heute nacht bist du wieder so spät nach Hause gekommen. Zum zweitenmal in dieser Woche, das ist zuviel. Es war fast vier Uhr.«

»Ich sehe, daß du einen leichten Schlaf hast.«

»Wenn ich deine Frau wäre...«, sagte das Mädchen, aber sie beendete den Satz nicht.

»Würdest du dich scheiden lassen?« fragte Daniele.

»Übrigens hat dich unser Nachbar gesehen; der, den sie Schielauge nennen.«

»Ja, aber er hat geschielt und nicht richtig gesehen.«

»Seine Frau hat mich vorhin auf der Straße angehalten. ›Warum ist dein Vater denn in der Nacht unterwegs?‹ hat sie mich gefragt.«

»Ich habe ihren Mann ja auch gesehen, also sind wir quitt.«

»Er mußte seine Kühe besorgen.«

»Jeder besorgt, was er kann. Auf jeden Fall werde ich in Zukunft auf seinen Stundenplan Rücksicht nehmen, vielen Dank für den Wink.«

»Ich weiß nicht, ob du bemerkt hast«, sagte Silvia, »daß unsere Kamelien sich dieses Jahr verspätet haben.«

»Sie sind meinem Rat gefolgt«, erklärte Daniele. »So brauchen wir sie nicht zum Fest zu schicken.«

In dieser Jahreszeit pflegte Daniele den Obstgarten. Das waren Feinarbeiten, die er mit der Genauigkeit eines Präzisionsmechanikers ausführte. Seine angeborene Vorliebe für die Technik fand hier sogar mehr Befriedigung als bei der eintönigen Fabrikarbeit. Und darüber hinaus hatte er die Gesellschaft und Mitarbeit seiner älteren Tochter. Manchmal schien es ihm, als erhellte das Lächeln des Mädchens den ganzen Hof.

Daniele befreite die Baumstämme von trockenen Ästen, toter Rinde und Moos, um die Nester der Parasiten freizulegen. Wo er ein von etwas Holzmehl umgebenes Loch fand, rief er Silvia, die ein Stück Draht einführte und den Holzwurm tötete.

»Ist das nicht grausam?« fragte das Mädchen. »Ich habe das Gefühl, daß es grausam ist.«

»Man darf kein Mitleid mit Parasiten haben«, erklärte der Vater.

»Agostino bezeichnet auch gewisse Menschen als Parasiten«, sagte Silvia. »Und doch dürfte man sie nicht einfach umbringen.«

»Das ist nicht dasselbe«, gab Daniele zu.

»Glaubst du, daß Agostino grausam ist?« fuhr das Mädchen fort.

»Aber woher denn!« antwortete Daniele. »Er ist großmütig und herzensgut.«
»Das ist wahr«, sagte Silvia, fügte jedoch hinzu: »Aber er kann auch hart sein, jedenfalls mit Worten.«
Als die Reinigung der Baumstämme beendet war, lief das Mädchen ins Haus und kam mit einem Eimer voll Kalk und einer Bürste wieder.
»Jetzt kommt das Pudern an die Reihe«, sagte sie lachend zum Vater.
Jeder Stamm mußte bis in Mannshöhe geweißt werden. Sie zog eine alte Kittelschürze der Mutter über und setzte eine Mütze aus Zeitungspapier auf, wie die Maurer es zu tun pflegen.
»Die sind jetzt in Sicherheit«, erklärte sie dann, auf die schon geweißten Stämme zeigend.
»Und wenn es hagelt?« entgegnete der Vater. »Es kann doch hageln.«
»Willst du damit sagen, daß man nie in Sicherheit ist?« fragte das Mädchen.
Daniele nickte zustimmend. Silvia wurde nachdenklich. Etwas quälte sie, das sie nicht zu klären vermochte.
»Willst du sagen«, fuhr sie fort, »daß man nie in Sicherheit ist? Auch wenn man sich nur um seine eigenen Angelegenheiten kümmert? Auch wenn man ein anständiger Mensch ist?«
Daniele nickte wieder, fügte jedoch hinzu:
»Es nützt nichts, sich all das vorzustellen, was geschehen könnte.«

»Warum soll es nichts nützen?« beharrte Silvia. »Sind wir nicht gerade dabei, die Bäume zu kalken?«

»Aber auch für die Bäume können wir nichts tun, wenn es hagelt«, sagte Daniele.

Das Mädchen verlor seine gute Laune und blieb für den Rest des Vormittags in Gedanken versunken.

»Wenn du zuviel nachdenkst«, bemerkte der Vater, »wirst du Falten auf der Stirn bekommen.«

»Vater«, fragte Silvia plötzlich, »glaubst du, daß Agostino etwas Unangenehmes zustoßen könnte?«

»Wieso?«

»Ich habe das Gefühl, daß er die Unannehmlichkeiten geradezu sucht. Warum kümmert er sich nicht nur um seine eigenen Angelegenheiten wie alle anderen Menschen?«

»Er ist zu anständig«, versuchte Daniele zu erklären. »Er ist einer von den Menschen, die nicht vergessen können.«

»Denkt er an seinen Bruder im Gefängnis?« fragte Silvia. »Hat er Nachrichten von ihm?«

»Der ist gestorben«, sagte Daniele. »Hat er dir das nicht erzählt?«

Das Mädchen schüttelte den Kopf; ihre Augen waren voll Tränen.

»Er redet nur von den Dingen, die ihn nicht tief berühren«, sagte Daniele. »So ist er nun einmal. Auch mir hat er es nur durch Zufall anvertraut. Eines Abends sagte ich zu ihm: ›Du siehst schlecht aus. Was ist mit dir los?‹ Ohne ein Wort zu sprechen, zog er ein zerknittertes Stück Papier aus der Tasche. Ein Verwandter hatte ihn vom Tode seines Bruders benachrichtigt. Ich versuchte, ein paar freundschaftliche Worte zu sagen, aber er unterbrach mich kurzerhand: ›Sprechen wir von etwas anderem‹, sagte er.«

»Da ist er ja«, sagte Silvia plötzlich. »Ich lasse euch allein.«

»Du kannst ruhig hierbleiben«, rief der Vater, aber Silvia entfernte sich eilig, um ihre Tränen zu verbergen.

Agostino war von einem mit Zementsäcken beladenen Lastwagen heruntergesprungen und kam eilig durch den Garten gelaufen. Er war beweglich und mager wie ein Athlet.

»Was hat deine Tochter gegen mich?« fragte er Daniele, nachdem er wieder zu Atem gekommen war.

»Nichts«, sagte Daniele. »Vielleicht ist sie von ihrer Mutter gerufen worden.«

»Sie entwickelt sich zu einem ziemlich neugierigen Kind. Sie stellt mir so seltsame Fragen.«

»Sie ist kein Kind mehr«, sagte der Vater. »Vielleicht liegt hier dein Irrtum. Und was gibt es sonst Neues?«

»Heute müßte endlich meine Falle zuschnappen«, sagte Agostino augenzwinkernd.

»Wird er kommen, der ... Fuchs? Bist du sicher?«

»Er hat selbst die Verabredung getroffen.«

»Wenn mein Fuchs doch auch so zuvorkommend wäre«, rief Daniele.

»Und dann ist der Köder auch sehr verlockend.«
»Was für ein Köder?«
»Die kleine Schneiderin.«
»Nunziatina gibt sich dazu her? Das wundert mich.«
»Natürlich weiß sie nicht alles«, beeilte sich Agostino zu erklären. »Sie kennt nur ihre eigene Rolle, die schließlich unschuldig ist.«
»Unschuldig?« sagte Daniele zweifelnd. »Ein unschuldiger Köder?«
»Aber ja«, entgegnete Agostino. »Die kleine Schneiderin soll nur zeigen, daß sie nichts weiß. Im übrigen stimmt das ja auch. Nachdem sie so ihren guten Willen bewiesen hat, wird man sie in Frieden lassen.«
»Hat sie denn keine Angst vor der Zusammenkunft?«
»Ein wenig, aber sie weiß, daß ich mich in ihrer Nähe aufhalten werde, um sie zu beschützen.«
Daniele verbarg seine Zweifel nicht.
»Zum erstenmal in ihrem Leben«, sagte Agostino, »hat die Ärmste einen Beschützer. Ich kann dir ihre Dankbarkeit gar nicht beschreiben. Es ist nur gut, daß sie nicht mehr jung ist.«
»Und du wirst dort sein, nur um sie zu beschützen?« fragte Daniele ungläubig.
»Das Übrige geht sie nichts an.«
»Kurz und gut, was hast du vor?«
»Nichts Bestimmtes«, antwortete Agostino. »Es sind zu viele unberechenbare Umstände dabei. Natürlich würde ich am liebsten die Rolle der Katze übernehmen, die mit der Maus spielt.«

»Sei vorsichtig«, mahnte Daniele. »Geh nicht bewaffnet hin.«

»Ich tue bestimmt nichts Unbesonnenes«, versicherte Agostino.

Der andere schien davon nicht überzeugt.

»Glaubst du nicht, daß einer von uns an deiner Stelle hingehen sollte?« fragte er.

»Du tust schon so viel«, widersprach Agostino. »Es wäre unvorsichtig, das wegen einer unwichtigen Angelegenheit aufs Spiel zu setzen.«

»Meinst du nicht, daß ich jemanden von hier benachrichtigen sollte, ich meine, einen Tessiner?« beharrte Daniele.

»Nein«, sagte Agostino. Dann fügte er hinzu: »Einem italienischen Fuchs eine italienische Falle.«

»Ich möchte wenigstens Franz benachrichtigen«, sagte Daniele. »Der ist zuverlässig.«

»Der Tischler in Minusio? Ich finde ihn ziemlich lächerlich, du nicht auch?«

»Er könnte dich aus einer gewissen Entfernung im Auge behalten und mich oder den Rechtsanwalt im Falle einer Komplikation benachrichtigen.«

»Das ist doch kein Mann, das ist ein Kind. Weißt du, wie er genannt wird?«

»Er ist besonnen und zuverlässig.«

»Das Lamm Gottes wird er genannt. Er soll schon mehrmals im Gefängnis gewesen sein, weil er den Militärdienst verweigert hat. Findest du das nicht lächerlich?«

»Glaub mir nur«, sagte Daniele hartnäckig, »Franz ist ein mutiger und weitherziger Mann.«

»Allerdings«, sagte Agostino lachend. »Er hat sogar Karl Marx und Jesus Christus zusammengebracht.«

Der Fahrer hupte mehrmals, um Agostino zur Eile zu mahnen.

5

Bis zum Zeitpunkt der Verabredung hatte Nunziatina sich in der Kirche aufgehalten und vor dem Bild der Madonna von der immerwährenden Hilfe gekniet. Es war ein Nachmittag mitten in der Woche, und die Kirche war daher fast dunkel, still und leer. So hatte die kleine Schneiderin der Heiligen in aller Ruhe ihre Nöte anvertrauen und ihr für die unerwartete und unverdiente, also wahrhaft wunderbare Hilfe danken können, die ihr durch Agostino zuteil geworden war. Beim Gedanken an den Bergamasken hatte die Ärmste nicht die Tränen zurückhalten können, aber sie war über diese weltliche Regung an dem heiligen Ort beschämt errötet und hatte die Jungfrau demütig um Verzeihung gebeten. Beim Schlag der Turmuhr hatte sie dann recht getröstet die Kirche verlassen.

Es war kurz vor Sonnenuntergang. Die Luft war wie vergoldet und fast lau auf dem sonnenbeschienenen Platz, aber kühl und feucht in den engen Gassen. Nunziatina schritt eilig aus. Der alte, dunkelblaue, an Kragen und Manschetten mit Samt besetzte Mantel, den sie für diese Gelegenheit angezogen hatte, mochte schon etwas zu sehr nach Frühling aussehen, aber er verlieh ihrer kleinen Gestalt eine Würde, die sie zu ihrer Verteidigung für notwendig hielt. Auch das schwarze Tuch trug dazu bei, das sie auf dem grauen Haar behalten hatte, während sie es sonst beim Verlassen der Kirche abnahm, und ebenso das Gebetbuch, das sie in der Höhe des Herzens in der linken Hand trug.

Ihre Sicherheit wurde stark erschüttert durch einen heftigen Schwindel, der sie befiel, als sie durch die Laubengänge des großen Platzes ging. Die wenigen Passanten waren in Eile, und niemand bemerkte ihren plötzlichen Schwächeanfall. Einen Augenblick Halt suchend, lehnte sie sich an eines der Kaffeehaustischchen und versuchte dann, zum See hin weiterzugehen. Sie war totenblaß und schweißgebadet, wie unter dem Strahl einer heißen Dusche. Mit langsamen, unsicheren Schritten verließ sie die Laubengänge und ging auf die Anlegestelle zu. Aber an einem gewissen Punkt hielt sie inne und überlegte, ob sie weitergehen oder schleunigst nach Hause zurückkehren und sich ins Bett legen sollte. In diesem Augenblick ging Agostino an ihr vorbei. Er blieb nicht stehen und wandte sich auch nicht nach ihr um, obwohl er sie gewiß erkannt hatte; er hatte sich nur zeigen wollen. Nunziatina sah, wie der junge, kräftige Mann mit sicherem Schritt auf den See zuging, so wie er es ihr versprochen hatte. Er hatte sie also nicht vergessen. Sie lächelte und folgte ihm nun ohne zu zögern und mit neuem Mut.

Der See war grau, nur auf den sich kräuselnden Wellen lag ein goldener Widerschein. Der Himmel, der am Morgen bedeckt gewesen war, hatte sich fast völlig aufgeklärt bis auf einige weiße, honigfarben gefleckte Wolken über den Bergen oberhalb von Brissoga. Nunziatina steuerte auf die Stelle am Ufer zu, die man ihr angegeben hatte, und begann, an das Geländer der Promenade gelehnt, zu warten. Der große weiße Dampfer nach Stresa war eben hinter dem Saleggi verschwunden. In der Nähe der Anlegestelle flogen Schwärme von Möwen hintereinander her, stritten sich um die im Wasser schwimmenden Brocken, flogen hoch, verloren sich in Windeseile in alle Richtungen, kehrten wieder zurück, bildeten neue Gruppen, sammelten sich alle an einer Stelle, hackten heftig kreischend aufeinander ein und verfolgten den Vogel, der einen besonders fetten Bissen erwischt hatte.

»Fräulein Nunziatina, wenn ich nicht irre?«

Die erwartete Frage wurde von einem unbekannten jungen Mann in sportlichem Anzug an sie gestellt, der dem Akzent und der Hautfarbe nach wahrscheinlich ein Süditaliener war. Der junge Mann hielt, wie vereinbart, in etwas auffälliger Weise eine Florentiner Zeitung in der Hand.

»Das bin ich«, antwortete Nunziatina.

Es entstand eine kurze, beklommene Pause. Sie hätte

fortfahren müssen: »Welches ist Ihr liebster Maler?« und die Antwort abwarten, die lauten sollte: »Beato Angelico natürlich.« Statt dessen sagte sie: »Sie lieben sicherlich Beato Angelico.«

»Natürlich«, sagte der Mann ohne weiteres. Dann fuhr er fort: »Wollen wir in ein Lokal gehen? Ich kenne eine Konditorei, wo man ungestört ist.«

»Das würde die Leute neugierig machen«, bemerkte Nunziatina. »Sie müssen verstehen, ich wohne hier seit dreißig Jahren.«

»Dann machen wir lieber eine Fahrt aus der Stadt hinaus«, schlug der andere vor. »Ich habe einen Wagen zur Verfügung.«

»O nein«, widersprach Nunziatina. »Wo denken Sie hin?«

Sie gingen eine Zeitlang schweigend nach Rivapiana zu. Die Sonne ging unter, und die Luft wurde sofort kühler. Die Kindermädchen mit ihren Kinderwagen machten sich eilig auf den Weg nach Hause. Nur noch einige alte Touristen blieben am Seeufer. Nunziatina sah sich unruhig um, auf der Suche nach Agostino. Endlich entdeckte sie ihn; er saß auf einer Bank, scheinbar ganz darin vertieft, für einige Spatzen, die um ihn herumhüpften, Brot zu zerkrümeln. Während sie an ihm vorbeiging, sah sie betont nach der anderen Seite, aber gleich danach wies sie auf eine freie Bank, schlug ihrem Begleiter vor: »Setzen wir uns hierhin«, und nahm ohne weiteres Platz. Auch der junge Mann setzte sich und schaute sich

um, während er sein dichtes schwarzes Haar glattstrich. Bei dieser Bewegung wurde eine Kette sichtbar, die er wie ein Armband am Handgelenk trug und an der ein kleiner Anhänger aus Emaille hing.
»Erlauben Sie?« fragte Nunziatina und betrachtete den Anhänger. »Auch Sie sind gläubig«, stellte sie erfreut fest.
»Ja«, antwortete er, »sogar abergläubisch.«
»Sind Sie aus Palermo?« fragte sie weiter. »Santa Rosalia ist die Schutzheilige der Palermitaner.«
»Schon gut«, sagte er gereizt, »über Religion sprechen wir ein andermal.«
Seine Stimme klang verändert; man hätte sie für die Stimme eines anderen Menschen halten können. Die Züge seines dunkelhäutigen, mageren Gesichts verhärteten sich, und seine kleinen, schwarzen, sehr beweglichen Augen wurden durchdringend und böse.
»Was haben Sie mir zu erzählen?« begann er.
Da der junge Mann sich so hingesetzt hatte, daß er der Stadt und also auch Agostino den Rücken kehrte, war es für Nunziatina leicht, ihren Beschützer nicht aus den Augen zu verlieren; es genügte ihr, sich von Zeit zu Zeit dem Palermitaner zuzuwenden, wie es die gute Sitte ohnehin gebot.
»Gestern sind Sie den ganzen Nachmittag im Hause eines gewissen Rechtsanwalts gewesen«, sagte der junge Mann mit gedämpfter Stimme.
»Kennen Sie ihn?« fragte Nunziatina. »Ein vortrefflicher Mensch.«

»Er war kürzlich in Italien«, fuhr der andere fort.
»Er ist begeistert zurückgekehrt«, versicherte Nunziatina.
»Tatsächlich?« bemerkte der Palermitaner. »Der Rechtsanwalt ist doch Sozialist.«
»Er ist begeistert zurückgekehrt«, wiederholte die kleine Schneiderin. »Er ist jetzt fest davon überzeugt, daß nur die italienischen Frauen richtig Reis zu kochen verstehen; was man wirklich kochen nennt. Seine Frau hat natürlich zuerst versucht, ihm zu widersprechen, aber es half nichts, er hat nicht nachgegeben...«
»Genug davon«, unterbrach sie der junge Mann. »Und abgesehen vom Reis?«
»Er hat auch die verschiedenen Käsesorten gelobt«, fuhr Nunziatina fort. »Sogar den Gorgonzola, den ich, ehrlich gesagt, verabscheue. Sie hätten ihn hören sollen.«
»Darauf pfeife ich«, erklärte der junge Mann grob. »Der Rechtsanwalt ist Sozialist.«
»Er ist ein vortrefflicher Mensch«, wiederholte die kleine Schneiderin mit großer Bestimmtheit.
»Hat er keine Kritik geübt?« fragte der Palermitaner. »Hat er keine Lügengeschichten über uns erzählt? Die üblichen Schauermärchen?«
Nunziatina zögerte einige Augenblicke und drückte das Gebetbuch in der Höhe des Herzens an die Brust.
»Hat er keine Lügen erzählt?« drängte der junge Mann.

»Als von Äpfeln die Rede war«, gab Nunziatina zu. »Von seiner Frau genötigt, hat er gesagt, daß unsere Äpfel nicht so gut sind wie die aus der Schweiz oder aus Deutschland. Sie sollen mehliger sein.«

»Lassen Sie doch endlich die Eßwaren«, rief der junge Mann am Ende seiner Geduld. »Er wird wohl noch von etwas anderem gesprochen haben. Er ist doch Sozialist.«

Die kleine Schneiderin runzelte die Stirn und machte sichtliche Anstrengungen, sich zu erinnern.

»Ja«, sagte sie, »er hat auch über Krawatten gesprochen. In keinem Land, hat er gesagt, trägt man so elegante Krawatten ...«

»Herrgott nochmal!« fluchte der junge Mann.

»Oh«, rief die kleine Schneiderin überrascht und entrüstet.

»Hören Sie mir gut zu, Fräulein Nunziatina«, sagte der junge Mann leise, aber mit großem Nachdruck. »Es interessieren mich, vielmehr *uns*, nur politische Unterhaltungen. Wissen Sie, was ich damit meine?«

»Nein«, antwortete die kleine Schneiderin.

Der junge Mann ließ ratlos die Arme sinken.

»Im Hause des Rechtsanwalts oder auch bei diesem anderen Herrn, dem Chirurgen«, begann er geduldig von neuem zu fragen, »haben Sie da nie einen gewissen Bassanesi erwähnen hören?«

»Nein«, antwortete Nunziatina. »Wer soll das sein?«

»Ist nie von einem gewissen Carlo Rosselli gesprochen worden?« fuhr er fort.

»Ich glaube nicht«, sagte Nunziatina. »Es sei denn, Sie meinen Rosati, den Herrenschneider. Wissen Sie, daß manche Leute ihn für den besten Schneider des Kantons halten?«

»Sie machen sich über mich lustig«, sagte der Palermitaner ärgerlich.

»Ich habe Ihnen nur eine weitverbreitete Meinung wiedergegeben«, erwiderte die kleine Schneiderin. »Natürlich können Sie einen anderen Schneider vorziehen.«

»Wollen Sie weiter solche Dummheiten erzählen?« fuhr der Palermitaner sie an.

»Was erlauben Sie sich?« rief Nunziatina.

»Aber liebe Frau«, versuchte er ihr klarzumachen, »begreifen Sie denn nicht, daß ich mit Ihnen nur Zeit verliere?«

»Und glauben Sie, meine Zeit hätte keinen Wert?« entgegnete Nunziatina gekränkt. »Glauben Sie denn, ich lebe von einer Rente?«

»Ich will damit sagen«, versuchte der andere zu erklären, »daß Ihre Informationen für mich nicht den geringsten Wert haben.«

»Das wundert mich gar nicht«, gab Nunziatina zu. »Aber ich habe Ihnen ehrlich erzählt, was ich weiß. Möchten Sie vielleicht lieber, daß ich Ihnen etwas vorlüge?«

Die Aufrichtigkeit der kleinen Schneiderin stand außer Zweifel. Es entstand ein langes Schweigen. Der Palermitaner zog seine Armbanduhr zu Rate und ge-

langte zur Überzeugung, daß es keinen Sinn hatte, weiter fortzufahren.
»Es war ein Mißverständnis«, sagte er schließlich.
»Vielleicht haben Sie recht«, gab Nunziatina zu. »Es muß ein Mißverständnis gewesen sein.«
Der Parlermitaner stand auf und schaute sich um, als suche er jemanden. Nunziatina holte tief Atem; sie war gerettet. Die Erleichterung, die sie darüber empfand, gab ihr ein, noch ein gutes Wort an den Mann zu richten, bevor er fortging.
»Sie sind so jung«, sagte sie freundlich zu ihm. »Dem Alter nach könnten Sie mein Sohn sein. Warum haben Sie nichts Richtiges gelernt?«
Der Mann sah sie wütend an.
»Schweigen Sie«, sagte er und entfernte sich.
Während der ganzen Unterredung hatte Agostino sich nicht von seinem Platz gerührt. Nunziatina hatte ihn keinen Augenblick aus den Augen gelassen. Bei Einbruch der Dämmerung waren die Spatzen fortgeflogen, und er sah aus wie ein Arbeitsloser, der, den Hut tief in die Stirn gezogen, ein Schläfchen hält. Aber der junge Palermitaner hatte noch keine zehn Schritte getan, als Nunziatina den angeblichen Arbeitslosen aufspringen und dem andern folgen sah. Wollte er mit ihm sprechen? Wollte er ihn überreden, sie in Frieden zu lassen? Mit vor Rührung feuchten Augen beobachtete Nunziatina die beiden Männer, bis sie hinter den Bäumen eines Gartens verschwanden.

6

Danieles Befürchtungen hatten sich bewahrheitet. Die Schlägerei zwischen Agostino und dem Palermitaner war unvermeidlich gewesen und blitzartig ausgebrochen. Zum Glück hatte Franz sich in der Nähe aufgehalten. Aber den ganzen Abend lang konnte er sich nicht von dem peinlichen und demütigenden Eindruck freimachen.

Daniele versuchte ihn zu begütigen. »Vielleicht hat er es nicht vorsätzlich getan«, sagte er. »Du kannst nicht das Gegenteil beweisen.«

»Gewalt und Lüge sind unzertrennlich voneinander«, sagte Franz bekümmert. Seine etwas mühsame Aussprache gab den Worten einen besonders traurigen Klang.

»Ich habe keine Lust zu diskutieren«, sagte Daniele. »Hältst du dies für den geeigneten Augenblick? Aber du tust Agostino unrecht, er ist immer aufrichtig gewesen.«

»Er hat mir nicht gesagt, daß er den Mann überfallen wollte«, entgegnete Franz. »Ich hätte versucht, es ihm auszureden.«

»Er hat es vielleicht nicht vorsätzlich getan«, wiederholte Daniele.

»Ich glaube doch«, erwiderte Franz. »Er warf sich auf ihn, sobald er ihm gegenüber stand. Ein sehr abstoßendes Schauspiel.«

Bei diesen Worten verzog er angewidert das Gesicht und begann, da es inzwischen spät geworden war, unter seinen Geräten Ordnung zu schaffen. Seine Tischlerei war ein enger, kleiner Laden; zwischen der Hobelbank aus Eichenholz und den zahlreichen schmalen und breiten Brettern, die an die Wand gelehnt waren, konnte man sich kaum durchzwängen. Tagsüber mußte er daher einen Teil des Holzes zu beiden Seiten der Tür auf die Straße stellen.

Bevor Franz mit seiner Tischlerwerkstatt hier einzog, war dieser Ort seltsamerweise die Schlangengrube genannt worden. Es hieß, ein reicher Priester habe vor vielen Jahren große Weizenvorräte dort angesammelt und in Erwartung der Brotknappheit und der damit verbundenen Teuerung sich geweigert, sie zu verkaufen. Als die Händler aus der ausgehungerten Stadt später zu ihm kamen und ihm jeden Preis boten, fand man den Speicher voller Schlangen. Aber durch solche Geschichten ließ der Tischler sich nicht einschüchtern.

Franz war blond und ungehobelt wie ein Baumstamm, der nur mit der Axt bearbeitet worden ist. Er mochte die Vierzig überschritten haben, aber seine rosige Hautfarbe, seine Beweglichkeit und vor allem eine gewisse naive Lauterkeit seines Wesens ließen ihn viel jünger erscheinen. Er hatte sich vor einigen Jahren im Tessin niedergelassen, um seine lungenkranke Frau in ein milderes Klima zu bringen. Die Frau war gestorben, und er war geblieben, wahrscheinlich weil er die Tessiner inzwischen schätzen gelernt hatte. Wer beruflich mit ihm zu tun hatte, mochte ihn gut leiden, denn man konnte sicher sein, daß er nie bei den Rechnungen betrog; die anderen fanden ihn etwas verrückt wegen seines Antimilitarismus und wegen der selbstverständlichen, sicheren Art, mit der er über Christus sprach, als habe er ihn persönlich gekannt.

An diesem Abend war er verbittert und enttäuscht, was Daniele betrübte, denn obwohl er seinen Glauben nicht teilte, fühlte er sich doch immer durch sein Urteil eingeschüchtert.

»Du mußt das verstehen«, sagte Daniele beharrlich. »Agostino hat einen frischen Schmerz zu verwinden, er hat seine persönliche Wut an ihm ausgelassen.«

»Das weiß ich«, sagte Franz, »aber es gibt nichts Schlimmeres als das Hineintragen persönlicher Gefühle in die Politik.«

»Du mußt nicht zuviel verlangen«, entgegnete Daniele. »Wir sind alle Menschen, keine Engel.«

»Aber wenn wir uns ebenso brutal benehmen wie unsere Gegner«, gab Franz zurück, »worin unterscheiden wir uns dann von ihnen?«

Daniele machte eine ungeduldige Bewegung.

»Das fragst du mich?« sagte er. »Weißt du es nicht?«

Franz ließ sich nicht aus der Fassung bringen.
»Ich weiß es wohl«, antwortete er. »Das Ziel, meinst du. Aber auch sie haben, theoretisch gesprochen, ein hohes Ideal. Wenn man es unvoreingenommen bedenkt, sind Vaterland, Ordnung und Tradition schließlich keine verächtlichen Worte. Erst die Gewalt gibt ihnen einen falschen Ton und macht sie uns verhaßt.«
»Schon gut«, unterbrach ihn Daniele, »es scheint mir nicht der rechte Augenblick für derartige Erörterungen. Wenn ein Freund mich braucht, dann helfe ich ihm.«
»Was hat das damit zu tun?« sagte der Andere in verändertem Ton. »Wenn du denkst, daß ich mich zurückziehen will, dann irrst du dich.«
Für Daniele war das der einzig wichtige Punkt.
»Glaubst du, daß die Sache vor Gericht kommen wird?« fragte er.
»Ich verstehe nicht viel davon«, antwortete Franz, »aber ich denke, das wird von den Verletzungen abhängen.«
»Mit der bloßen Faust kann man, glaube ich, keinen schweren Schaden anrichten.«
»Das kann man nie wissen. Von meinem Platz aus sah ich, wie der andere zusammenbrach. Er hat keinen Laut von sich gegeben. Ich lief schnell hin, aber jemand war mir zuvorgekommen.«
»Einer von hier?«
»Nach seinem Äußeren zu urteilen und nach einigen Worten, die er rief, war es ein Italiener. Ich glaube

nicht, daß er sich durch Zufall dort aufhielt. Zuerst wollte er sich auf Agostino stürzen, aber als ich hinzu kam, kümmerte er sich um den Verletzten. Ich hatte den Eindruck, daß er ihn beim Namen nannte.«

»Es wird ein Komplice gewesen sein«, sagte Daniele.

Der Tischler stand an der Tür seines Ladens und sah auf die Straße hinaus.

»Agostino verspätet sich«, sagte er.

»Hatte er nicht versprochen, hier vorbeizukommen?« fragte Daniele.

»Er wollte mit dem Rechtsanwalt sprechen und dann wiederkommen, um dich zu treffen«, sagte Franz.

Daniele konnte seiner Unruhe nicht mehr Herr werden.

»Ich mache einen kleinen Gang«, sagte er. »Wenn er in der Zwischenzeit kommt, soll er auf mich warten.«

Er ging zum Bahnhof, wobei er aufmerksam nach allen Seiten Ausschau hielt. Lange Reihen von Eisenbahnwagen standen auf den toten Geleisen. Auf dem Platz vor dem Bahnhof hielten zwei Autobusse aus den nahegelegenen Tälern. Daniele ging durch den Wartesaal und hielt sich eine Weile auf dem Bahnsteig auf. Nur einige alte Engländerinnen in papageienbunten, gelb und lila gemusterten Kleidern und mehrere Portiers in Livree erwarteten die Ankunft des Zuges. Auch unter den Laubengängen des großen Platzes waren um diese Jahreszeit und zu dieser Stunde nur wenige Menschen: ein paar Ausländer, Pensionäre, einige Soldaten.

Etwas belebter waren die Kaffeehäuser, wegen der Stammgäste, die dort in Gruppen stundenlang Zeitung lasen und diskutierten. Diese Gruppen verliehen nach einem kantonalen Brauch den wichtigeren Lokalen der kleinen Stadt ihre politische Farbe. Nur einem Touristen wurde es verziehen, wenn er in irgendeinem beliebigen Café seinen Durst löschte; für einen Bürger der Stadt kamen wiederholte Besuche einem politischen Bekenntnis gleich. Da es sich um ein streng demokratisches Land handelte, versteht es sich von selbst, daß auch eine Änderung der politischen Meinung keinerlei Heroismus verlangte; man mußte allerdings das Café wechseln, und daher ist es nicht verwunderlich, daß die meisten Leute stets bei der gleichen Ansicht blieben, um nicht mit einer angenehmen Gewohnheit brechen zu müssen.

Daniele hatte seinen Freunden gegenüber nie ein Geheimnis aus seinen Ansichten gemacht, aber die Leute, die ihre Zeit in Lokalen vertrödelten, konnte er nicht leiden, und ganz besonders mißfielen ihm die Café-Politiker, einerlei welcher Partei sie angehörten. An diesem Abend kam es ihm jedoch darauf an herauszubekommen, ob sie schon von der Schlägerei am Seeufer wußten, und zu hören, was sie darüber sagten. Er ging also in das Lokal, in dem seine Freunde Stammgäste waren, warf einen Blick in den Hintergrund des Raumes und begab sich an die Theke.

»Geben Sie mir einen Schnaps«, sagte er zu der üppigen, schlecht gekämmten Kellnerin.

Wie er es erwartet hatte, erkannte ihn einer der Männer, die hinten im Saal an einem Tisch saßen.

»Daniele«, rief der Mann. »Was ist denn, du bedienst dich an der Theke, als wärst du im Land der Ungläubigen.«

»Ich habe Eile«, entschuldigte sich Daniele, leerte jedoch sein Glas in einem Zug und ging auf die Gruppe von Bekannten zu, um ihnen die Hand zu geben.

»Wovon sprecht ihr denn mit solcher Verschwörermiene?« fragte er in scherzendem Ton.

Die Anwesenden berieten sich untereinander durch Blicke. Es war eine Gruppe von älteren, nicht leicht einzuordnenden Männern, Pensionäre wahrscheinlich. Bescheiden gekleidet und schlecht rasiert, teilten sie sich in Zigarren- und Zigarettenraucher, wirkten aber gleichermaßen müde und deprimiert. Jeder hatte die leere Tasse seines nachmittäglichen Espresso vor sich stehen; die Untertassen waren voller Zigarettenstummel und Asche.

»Daniele ist einer der unsrigen«, sagte ein Brissago-Raucher und blickte fragend in die Runde. »Zu ihm können wir offen sprechen, nicht wahr?«

»Er ist einer der unsrigen, aber er hat sich nie kompromittieren wollen«, bemerkte ein Zigarettenraucher. »Er wollte nie als Kandidat aufgestellt werden.«

»Das stimmt«, gab Daniele zu.

»Du gehörst zu uns«, sagten mehrere andere.

»Also, es handelt sich um folgendes«, vertraute einer ihm an. »Wäre es deiner Meinung nach richtig oder falsch, wenn wir das nächste Kamelienfest gegen schlechtes Wetter versichern würden?«

»In den beiden letzten Jahren hat es geregnet«, antwortete Daniele.

»Das ist die Meinung der Konservativen«, bekam er sofort von den Zigarettenrauchern zur Antwort.

»Das ist keine Meinung«, erklärte Daniele, »sondern eine Tatsache. Meine Töchter kamen sowohl im letzten wie im vorletzten Jahr schön durchnäßt nach Hause.«

»Das leugnet ja niemand«, wurde ihm von mehreren zugleich geantwortet. »Es hat geregnet, allerdings, und das städtische Festkomitee setzte zu. Eben deswegen schlagen unsere Gegner vor, das Fest in diesem Jahr zu versichern.«

»Und ihr seid dagegen?« fragte Daniele.

»Was bleibt uns anderes übrig«, stöhnten mehrere. »Man merkt, daß du auf dem Lande lebst. Unsere Gegner haben sich ja dafür erklärt.«

»Warum seid ihr ihnen nicht zuvorgekommen?« fragte Daniele.

Die Verlegenheit war groß, aber von kurzer Dauer.

»Wir hätten ihnen auch zuvorkommen können«, sagte ein Zigarettenraucher. »Aber was geschieht – sagten wir uns –, wenn dieses Jahr schönes Wetter ist? Dann würde man uns vorwerfen, daß wir öffentliche Gelder verschwenden.«

»Ich verstehe«, sagte Daniele. »Und sonst gibt es nichts Neues?«

»Was?« riefen mehrere. »Zählt denn das nicht, was wir dir gesagt haben?«

»Guten Abend«, sagte Daniele. »Ich werde zu Hause erwartet.«

Als er aus dem Café trat, fiel ein leichter Regen. Er verschwand in dem Gewirr der engen Gassen hinter den Lauben und suchte die Wohnung des Rechtsanwalts Z. auf. Der Rechtsanwalt kam selbst herunter, um ihm die Tür zu öffnen.

»Ich habe dich erwartet«, sagte er in ungewöhnlich vertraulichem Ton zu Daniele. »Komm schnell herein, die Nachbarn dürfen dich nicht sehen.«

Der Rechtsanwalt war ein Mann in vorgeschrittenen Jahren. Auf einem gedrungenen Körper saß ein großer Kopf mit den ausdrucksvoll gemeißelten Zügen eines Schauspielers und einem dichten Schnurrbart. Während er im allgemeinen angestrengt und düster aussah, wirkte er an diesem Abend eigentümlich belebt.

»Gesegnet seien diese Italiener!« rief er, sobald er die Tür seines Arbeitszimmers hinter sich geschlossen hatte. »Ohne sie würden wir vor Langeweile sterben.«

»Wo ist Agostino?« fragte Daniele. »Ich muß ihn sprechen.«

»Wir würden am Gähnkrampf sterben«, sagte der Rechtsanwalt. »Komm, setz dich, willst du etwas trinken?«

Das Zimmer war von einer Tischlampe mit grünem

Schirm schwach erleuchtet. Der Rechtsanwalt ließ Daniele auf einem alten, lederbezogenen Sessel Platz nehmen, neben dem Schreibtisch, der mit Gesetzbüchern, Broschüren, Gerichtsakten und Briefen beladen war. An der Wand hinter dem Schreibtisch hingen zwei verstaubte Porträts von Mazzini und Emilio Bossi. Die anderen Wände waren von Regalen voller Bücher und alter Akten bedeckt. Daniele überlegte einen Augenblick, was für ein Geruch es sein mochte, den sie ausströmten. Er fragte sich, ob es Schimmel sein konnte.

»Ich sehe mit Vergnügen, daß du voller geworden bist«, sagte der Rechtsanwalt zu ihm. »Ja, ja, das gesunde Leben auf dem Lande.«

Daniele gab ihm das Kompliment zurück. »Auch du«, sagte er, »auch du, nicht um dir zu schmeicheln. Und wo ist Agostino?«

»Unser Glück ist«, fuhr der Rechtsanwalt fort, »daß wir an der Grenze eines Landes leben, das die Natur freigebig mit Vulkanen versehen hat. Eine erbliche Demokratie wie die unsere, etwas Faderes gibt es nicht. Weißt du, daß wir fast den höchsten Prozentsatz an Selbstmorden haben?«

Daniele ließ sich nicht ablenken.

»Und Agostino?« wiederholte er.

»Hast du jemals darüber nachgedacht«, fuhr der Rechtsanwalt hartnäckig fort, »warum soviele alte, ausländische Damen hierher kommen oder sich bei uns niederlassen? Sie fühlen sich hier in die Zeiten zurückversetzt, als sie noch jung waren, das ist die Erklärung. Wir sind beim Jahr 1914 stehengeblieben, begreifst du, in der Zeit vor der großen Sintflut. Gerade deswegen spricht man von unserem Land wie von einer Oase oder einer Arche Noah. Weißt du, was die Arche Noah war?«

»Von jeder dreckigen Tierart«, antwortete Daniele, »wurden zwei Stück gerettet, damit die Art erhalten blieb.«

»Ganz genau«, rief der Rechtsanwalt und brach in schallendes Gelächter aus. »Zwei Stück von jeder Sorte, ein schwarzes und ein rotes.«

»Ein graues und ein rosafarbenes«, verbesserte Daniele. Dann fragte er wieder: »Wo ist Agostino?«

Der Rechtsanwalt gab sich geschlagen.

»Du tust recht daran, ihn gern zu haben«, sagte er in bedeutungsvollem Ton. »Man muß nicht seine ganze Liebe an die Frauen verschwenden. Was haben sie schließlich so Besonderes an sich? Agostino, sagtest du? Agostino ist wirklich ein großmütiger Mensch, ein leidenschaftlicher Mensch sogar. Er erinnert mich an den Eifer meiner Jugend.«

»Wo ist er jetzt?« fragte Daniele.

»Wer? Der Eifer meiner Jugend?« fragte der Rechtsanwalt erstaunt.

»Agostino«, wiederholte Daniele geduldig.

»Er ist in Sicherheit.«

»Ich muß ihn sprechen.«

»Unmöglich.«

Daniele wandte das Täuschungsmanöver an, das zwischen handelnden Bauern auf dem Markt üblich ist; er stand auf und ging zur Tür.

»Ich suche ihn«, sagte er. »Ich weiß, wo ich ihn finde.«

»Mach keine Dummheiten, setz dich wieder hin«, gebot ihm der Rechtsanwalt. »Gerade deshalb habe ich dich schon sehnlichst erwartet: ich wollte dich bitten, daß du mir nicht das Spiel verdirbst. Auch er, dieser verrückte Kerl, wollte dich sofort aufsuchen, aber dann habe ich ihn überredet, sich klein zu machen.«

»Wird er von der Polizei gesucht?«

»Noch nicht. Aber mehr kann ich dir nicht sagen.«

»Weiß die Polizei von der Schlägerei?«

»Die Polizei spielt Blindekuh und tastet im dunkeln«, erklärte der Rechtsanwalt. Aber ich sollte dir diese Dinge gar nicht erzählen. Wie dem auch sei, vorhin war ich einen Augenblick auf dem Polizeirevier. Als Vorwand diente mir ein Verkehrsvergehen meines Sohnes, eine ganz unwichtige Sache. Während ich mich mit dem Polizeichef über dies und jenes unterhielt, was glaubst du, wer da ganz zufällig hereinplatzt? Der Rechtsanwalt des Konsulats. Natürlich hatte auch er einen Vorwand. Kennst du ihn? Das ist der hagere Alte mit der Rüsselnase. Er hat uns mit seiner gewaltigen Nase von allen Seiten beschnüffelt und hat gelächelt. Eine gute halbe Stunde hat jeder von uns so den Gesichtsausdruck der anderen erforscht, in der Erwartung, daß sich einer verraten würde. Nichts. Aber das ist noch nicht alles. Wie du wahrscheinlich weißt (sonst wäre meine Unvorsichtigkeit geradezu unverzeihlich), haben wir bei der Polizei einen der Unsrigen, einen verschwiegenen, absolut zuverlässigen Mann. Der holte mich hier vor meinem Hause ein, um mir anzuvertrauen, daß sein Chef von einer schwerwiegenden Sache Wind gekriegt hat, die am Nachmittag etwas außerhalb der Stadt passiert sein soll. ›Wie hat er davon erfahren?‹ habe ich ihn gefragt. Nach einigem Hin und Her hat er ausgepackt, nachdem ich zuerst schwören mußte, daß ich es niemandem weitersagen würde. ›Wir haben im Konsulat einen der Unsrigen‹, hat er mir anvertraut. ›Er sitzt zwar bei ihnen drin‹, hat er hinzugefügt, ›aber alles erzählen sie ihm nicht. Er versucht zu horchen, soviel er kann! Man kennt ja die Schwierigkeiten bei solchen Dingen. Es scheint also, daß es eine Schlägerei zwischen Italienern gegeben hat; aber was war der Anlaß? Rache? Eifersucht? Geschäftlicher Konkurrenzneid? Ein politisches Verbrechen? Unser Freund von der Polizei wollte ausgerechnet von mir wissen, was ich darüber denke. Erfaßt du es? Von mir. Da war er an den Richtigen geraten, der Arme. ›Da du einer der Unsrigen bist und eine absolute Vertrauensperson‹, habe ich ihm geantwortet, ›kann ich offen zu dir sprechen: Ich weiß nichts. Ganz und gar nichts. Aber da du mich fragst, was ich vermute, und da du einer von den Unsrigen bist, rate ich dir (ich habe es ihm auf französisch gesagt): *cherchez la femme*. Italiener schlagen sich nur aus Eifersucht‹.«

Der Rechtsanwalt rieb sich vor Vergnügen die Hände und zwinkerte Daniele zu:
»Habe ich es gut gemacht?«
Ein anhaltendes seltsames Geräusch kam von der Zimmerdecke her.
»Wird dort oben Billard gespielt?« fragte Daniele.
»Nein, das sind Mäuse«, erklärte der Rechtsanwalt. »Seit zehn Jahren habe ich mit dem Hausbesitzer einen Rechtsstreit, der darüber entscheiden soll, wer von uns sie ausrotten muß. Inzwischen benutzen diese Biester die Gelegenheit, um sich zu vermehren.«
»Der Verletzte hat also noch keine Anzeige erstattet?« fragte Daniele.
»Darüber wird er nicht zu entscheiden haben«, erwiderte der Rechtsanwalt. »Er ist ja nur ein Funktionär. Im übrigen verbrennt sich ein Agent dieser Art die Finger, wenn er eine Anzeige erstattet, und gefährdet seine ganze Organisation.«
Der Rechtsanwalt sprach im Ton und mit den Handbewegungen eines Zauberkünstlers, der ein kompliziertes Kunststück vorführt.
»Laß mich nur machen«, sagte er lachend, »und alles wird gut gehen.«
»Wie lange wird dieses Spiel dauern?« fragte Daniele mißtrauisch.
»Wie soll man das voraussehen?« antwortete der Rechtsanwalt. »Vor allem darf man nicht ungeduldig sein. Ungeduld macht unvorsichtig. Du mußt versuchen, wenn du kannst, dir die Eigenart der Situation

vorzustellen. Wir und unsere Gegner haben das ganze Gebiet mit Fallen versehen, aber wir bewegen uns gezwungenermaßen innerhalb des gleichen Raumes. Für jeden besteht also die Gefahr, daß er sich in seiner eigenen Falle fängt. Ist das nicht aufregend?«

Der Rechtsanwalt war vergnügt und angeregt.

»Und was kann man tun?« fragte Daniele hartnäckig.

Der Rechtsanwalt verfinsterte sich. »Hast du es immer noch nicht begriffen?« entgegnete er. »Du darfst keinen Finger rühren.«

»Unmöglich«, sagte Daniele.

»Ich bitte dich, verdirb mir nicht das Spiel«, beschwor ihn der Rechtsanwalt. »Wenn meine Bitte nicht genügt, dann muß ich dich aus Gründen der politischen Disziplin dazu zwingen. Wir sind neutral.«

»Ich fühle nicht neutral und bin kein Neutrum«, erklärte Daniele. »Ich bin als Mann geboren.«

»Ich wiederhole es dir, diese Unternehmung muß den Anwälten überlassen werden«, fuhr der andere fort. »Während wir hier davon sprechen, kannst du sicher sein, daß auch unsere Gegner in ihrem Lager darüber verhandeln und das Für und Wider jeder Bewegung erwägen. Sie hoffen auf einen falschen Zug von mir, ich hoffe auf einen falschen Zug von ihnen.«

»Hat Agostino mir nichts sagen lassen?« fragte Daniele.

»Nichts«, versicherte der Rechtsanwalt.

Daniele lächelte. Der Rechtsanwalt hatte einen Fehler begangen.

»Wenn es so ist, bleibt mir nichts anderes übrig als nach Hause zu gehen«, sagte Daniele scheinbar resignierend und verließ schnell das Büro.
Es regnete in Strömen. Daniele ging eilig dicht an der Häuserfront entlang, aber es gelang ihm nicht, der eisigen Dusche aus einigen schadhaften Regenrinnen auszuweichen. Von vereinzelten Autos abgesehen, waren die Straßen verlassen.
Er suchte in einer Seitenstraße die Schenke eines Bergamasken auf, wo wegen der einheimischen Weine und Gerichte fast nur Landsleute des Wirtes verkehrten. Er warf einen Blick hinein, aber es war schon spät, und das Lokal war fast leer. Er wollte gerade kehrt machen, als ein schmächtiges Mädchen mit großen Augen und einem dicken Haarschopf hinter der Theke hervorkam.
»Sieh mal an, wer da kommt«, rief sie lachend. »Ich glaubte schon, du hättest mich vergessen.«
»Ist Agostino hier gewesen?« fragte Daniele.
»Ich dachte, du kämest meinetwegen«, sagte das Mädchen enttäuscht.
»Heute habe ich anderes im Kopf«, erwiderte Daniele und verließ das Lokal.
»Warte doch, ich geb' dir wenigstens einen Schirm mit«, rief das Mädchen hinter ihm her.
Aber er war schon zu weit weg. In einem gewissen Augenblick hatte er den Eindruck, daß jemand ihm heimlich nachging, und er beschleunigte seine Schritte; aber da der Verfolger das gleiche tat, blieb er unter

einer Laterne stehen und ließ sich von ihm einholen. Es war ein junger Engländer, der im Dunkeln die Straße nicht mehr wiederfand, in der seine Pension gelegen war. Daniele begleitete ihn ein Stück und zeigte ihm, wie er weitergehen sollte. Inzwischen war er in Minusio angelangt. Als er zum Laden des Tischlers einbog, sah Daniele, wie sich an einem dunklen Hauseingang ein Schatten bewegte. Eine tiefe Stimme gebot ihm: »Halt, du bist verhaftet.« Ein Gelächter erschallte. Es war Agostino. Daniele tastete in der Dunkelheit nach ihn. Sie überquerten einen Hof voller Baumaterial und gingen einen kleinen abschüssigen Weg hinab. Auf der Erde lagen Zweige und Blätter, die das Gewitter abgeschlagen hatte. Es roch nach feuchtem Holz. Als die beiden Männer bei dem kleinen Haus des Tischlers ankamen, fanden sie die Tür angelehnt. Drinnen brannte ein großes Kaminfeuer.

»Franz«, rief Daniele mehrmals.

Er war nicht zu Hause. Das Zimmer war in dem schlichten Heimatstil eingerichtet, der damals in der deutschen Schweiz verbreitet war. Strohmatten bedeckten den Fußboden. In einer Ecke stand eine halbrunde Bank, davor ein niedriger kleiner Tisch, auf einem Regal eine Lampe mit einem Schirm aus rotkariertem Leinen.

»Wer ist das?« fragte Agostino und wies auf die Fotografie eines streng blickenden, älteren Mannes, die auf dem Kaminsims stand.

Leonhard Ragaz war unter das Bild geschrieben.

»Ein religiöser Sozialist«, erklärte Daniele. »Ein feiner Kerl. Er hat um der Sache der Arbeiter willen die Kirche und die Universität verlassen. Aber wo mag Franz sein?«

»Ich fürchte, er ist zum Schlafen in die Tischlerei gegangen«, sagte Agostino. »Ich weiß genau, daß er das schon öfters gemacht hat, wenn ich ihm Flüchtlinge ins Haus geschickt hatte.«

»Tatsächlich?« rief Daniele. »Ehrlich gesagt, das brächte ich nicht fertig.«

»Weißt du, auch ich habe heute meine Meinung über Franz geändert«, sagte Agostino. »Er ist ein ganz erstaunlicher Mann. Und er hat eine Kraft und Beweglichkeit, wie ich sie nie bei ihm vermutet hätte.«

»In seiner Jugend war er Mittelstürmer bei der Kreuzlinger Mannschaft«, sagte Daniele. »Auch hier macht er, als Trainer, bei der Fußballmannschaft mit.«

»Du hättest ihn sehen sollen«, fuhr Agostino fort. »Es war wie eine Szene aus einem amerikanischen Film. Ich muß vorausschicken, daß mir recht übel zumute wurde, als ich den zweiten Faschisten mit dem Revolver in der Hand ankommen sah.«

»Du hattest nichts bei dir?«

»Nicht einmal ein Taschenmesser, so wie du mir geraten hattest. Aber Franz kam aus derselben Richtung und hat dem Kerl, der zur Verstärkung anrückte, den Weg abgeschnitten und ihm mit einem haarscharf gezielten Fußtritt die Waffe aus der Hand geschlagen, sie sofort aufgehoben und in den See geworfen. All das ging schneller, als ich es dir beschreiben kann. Der andere war starr vor Staunen und machte kaum Anstalten, sich zu wehren. ›Kümmern Sie sich um den Verletzten‹, hat Franz ihm befohlen, ›sonst bekommen Sie auch noch etwas ab.‹ Ich muß schon sagen, nicht schlecht für einen Mann, der Lamm Gottes genannt wird.«

»Das überrascht mich nicht«, sagte Daniele. »Ich habe immer geglaubt, daß seine Sanftmut nicht eine Folge von Feigheit ist.«

»Merkwürdig«, sagte Agostino. »Ich verstehe ihn nicht. Warum bleibt er denn hier in Minusio? Er ist doch noch jung.«

»Ob hier oder anderswo, er ist gläubig«, erwiderte Daniele.

»Was willst du damit sagen?«

Daniele beantwortete die Frage mit einem Achselzukken.

Agostino holte ein paar Wolldecken aus dem Nebenzimmer.

»Wir sind beide tüchtig durchnäßt«, sagte er. »Wir wollen zusehen, daß wir keine Lungenentzündung bekommen.«

Er zog sich vollkommen aus, breitete die Kleider zum Trocknen auf einem Stuhl nahe beim Kamin aus und wickelte sich in eine Decke. Daniele tat das gleiche. Von den Kleidern stieg eine Dampfwolke hoch. Sie rückten mit ihren Schemeln dicht ans Feuer.

In die Decken gehüllt, sahen sie aus wie zwei Mönche. Daniele legte neues Holz auf und machte das Licht aus, um die Neugier der Nachbarn nicht zu wecken. Es regnete noch immer in Strömen. Von der Straße her ertönte die heisere Stimme eines Betrunkenen. Agostino stand auf und begann in den Schränken nach etwas zu suchen. Er suchte auch im Nebenzimmer vergeblich.

»Man müßte etwas zu trinken haben«, brummte er.

»Da brauchst du nicht zu suchen«, sagte Daniele. »Franz ist Abstinenzler. Weißt du nicht, daß er auch in seine Fußballmannschaft nur Abstinenzler aufnimmt?«

»Ist das dein Ernst?« rief Agostino. »Wenn das so ist«, fuhr er verächtlich fort, »kehre ich zu meinem früheren Urteil über ihn zurück.«

»Sprechen wir lieber von dir«, schlug Daniele vor. »Du hast dir eine dumme Geschichte eingebrockt.«

»Lassen wir das«, sagte Agostino.

»Ich habe dich für ruhiger und beherrschter gehalten.«

»Übrigens«, unterbrach ihn Agostino, um das Thema zu wechseln, »findest du nicht, daß unser Rechtsanwalt etwas verrückt ist?«

»Ja, er ist wirklich einer der Unsrigen. Aber weich' mir nicht aus. Was hast du jetzt vor?«

»Für einige Tage muß ich verschwinden. Ich kann mich von einem Lastwagen mitnehmen lassen, der über den Gotthard fährt.«

»Wann würdest du abfahren?«
»Morgen ganz früh, damit wir gegen Mittag in Olten sind.«
Daniele wendete die zum Trocknen ausgelegten Kleider um. Dann fragte er:
»Ist da auch für mich Platz?«
»Für dich ist immer Platz.«
»Ich möchte die Gelegenheit benutzen, um die Sache mit der Druckerei besser zu organisieren«, erklärte Daniele.
Agostino war erfreut.
»Dann wird die Reise nicht so langweilig«, sagte er. »Übrigens fürchtete ich, dich nicht zu treffen, und habe darum vorhin bei dir zu Hause angerufen. Silvia war am Telefon.«
»Ist zu Hause alles in Ordnung? Silvia gibt mir zu denken, sie wird immer reizbarer.«
»Sie hat mir mitgeteilt, daß du wohl nicht nach Hause kommen würdest«, sagte Agostino. »Aber wir haben nur kurz miteinander gesprochen. Silvia war in Aufregung, denn in der Nähe eures Hauses sind zwei ausländische Autos zusammengestoßen, und ein Verletzter ist in euren Hof getragen worden. Da du abwesend warst, wußte Filomena nicht, ob sie ihn in eurem Hause aufnehmen konnte.«
»Man sollte meinen, daß meine Frau mich nicht kennt«, bemerkte Daniele.
»Das kann passieren«, sagte Agostino. »Wenn man viele Jahre lang zu nah beieinander lebt.«

»Wollen wir versuchen zu schlafen«, sagte Daniele. »Die Reise wird unbequem sein.«

»In Bellinzona kaufe ich eine Flasche Schnaps«, erklärte Agostino. »Bei diesem Wetter werden uns auf dem Gotthard die Zähne klappern. Du sprachst vorhin von Silvia.«

»Gute Nacht«, sagte Daniele. »Wir wollen versuchen zu schlafen.«

7

Als Daniele nach dreitägiger Abwesenheit nach Hause kam, hatte er sofort den Eindruck, daß die Atmosphäre merklich verändert war.

»Endlich sieht man dich wieder«, sagte seine Frau in spöttischem Ton zu ihm.

Als er zu seinem Schlafzimmer hinaufging, fand er die Treppe mit Möbeln verstellt.

»Hattet ihr den Gerichtsvollzieher im Haus?« fragte er verwundert.

Luisa erklärte ihm die Ursache des Durcheinanders. Während des kurzen Aufenthaltes des Verletzten, von dem Daniele schon wußte, waren ein Sofa und einige Stühle umgestellt worden. Die beiden Schwestern waren gerade dabei, sie wieder auf ihren Platz zu bringen.

»Wer war der Verletzte?« erkundigte sich Daniele bei Silvia.

Aber sie schien ihn nicht gehört zu haben, denn ohne ihm zu antworten ging sie mit einem kleinen Teppich, der gereinigt werden sollte, auf die Loggia hinaus.

»Ein Angestellter oder ein Kaufmann, ich weiß nicht genau. Ein gewisser Herr Cefalù«, antwortete Luisa an ihrer Stelle. »Ein hübscher junger Mann«, fügte sie verschmitzt hinzu.

Es fiel Daniele auf, daß seine jüngere Tochter größer und schmäler geworden war; auf ihrem Ziegengesichtchen lag ein ungewohnt schlauer Ausdruck. Inzwischen war Silvia, den Staubsauger hinter sich her ziehend, wieder hereingekommen. Sie war verlegen und wußte nicht, wo sie hinsehen sollte.

»Haben wir uns falsch verhalten?« fragte sie den Vater in gewollt nüchternem Ton.

Sie sah müde aus und hatte dunkle Schatten unter den Augen.

»Ist es dir nicht gut gegangen?« fragte der Vater besorgt.

»Sie ist nur etwas müde«, antwortete Luisa lachend. »Du mußt das einsehen, Vater, Tag und Nacht einen Verletzten pflegen, der zum Glück nicht allzu schwer verletzt ist. Bei der Länge, die die Nächte in dieser Jahreszeit haben ...«

»Luisa!« sagte Silvia vorwurfsvoll.

Aber Daniele mußte gleich in den Hof hinunter, wo ein paar italienische Tagelöhner lärmten, die er für bestimmte Erdarbeiten bestellt hatte. Sie waren schon an den vergangenen Tagen dagewesen, ohne den Besitzer anzutreffen.

»Wenn uns die verlorenen Tage nicht bezahlt werden«, riefen sie, »dann gehen wir zur Gewerkschaft.«

»Was ist denn das für ein Gutsherr?« sagte einer. »Ist der überhaupt Bauer, oder ist er Tourist?«
»Ihr werdet alles bekommen, was euch zusteht«, beruhigte sie Daniele. »Wenn ihr jetzt mitkommt, zeige ich euch gleich, worum es sich handelt.«
Er wollte an der Grenzlinie des Hofes entlang eine Reihe Pappeln pflanzen. Alle sechs Meter mußte daher ein Loch gegraben werden. Er hatte schon bei einer Baumschule junge kanadische Pappeln bestellt, die geschickt werden sollten, sobald die Pflanzgruben fertig waren. Es war Eile geboten, denn im Frühling fangen die Pappeln an zu treiben, und dann wird das Umpflanzen gefährlich. So brachte er einen guten Teil des Vormittags damit zu, die Entfernungen auszumessen und die Pflanzstellen zu markieren. Für einige Stunden vergaß er seine Sorgen. Die Arbeiter söhnten sich sofort mit ihm aus. »Man sieht, daß er seine Sache versteht«, sagten sie unter sich. Gegen zehn Uhr schenkte Daniele Wein aus, der zur großen Überraschung der Leute nicht mit Wasser verdünnt war.
Aber als Daniele ins Haus zurückkam, fand er wieder die gleiche seltsame Aufnahme wie im Augenblick seiner Ankunft. Er hatte Silvia ein Halstuch mitgebracht, das Agostino ihr schickte; es lag noch immer auf dem Stuhl, auf den er es gelegt hatte.
»Gefällt es dir nicht?« fragte er seine Tochter.
»Doch, es ist ganz hübsch«, antwortete sie, »aber die Farbe ist unmodern.«

»Du hast mich noch nicht einmal gefragt, wie es ihm geht«, bemerkte der Vater.
»Wen meinst du?« fragte Silvia verwirrt.
Daniele ging in die Küche, um sich die Hände zu waschen. Seine Frau war am Herd beschäftigt. Es roch gut nach Zwiebeln.
»Wollen wir jetzt offen miteinander reden?« schlug Daniele vor.
»Worüber?« fragte Filomena.
»Über den jungen Mann«, sagte Daniele.
Die Frau ging zur Tür hin und machte sie zu. Dann nahm sie allen Mut zusammen und sagte:
»Er wäre eine gute Partie.«
»So weit sind wir schon?« rief Daniele.
»Er ist gelernter Kaufmann und hat in Varese eine Stellung als Buchhalter«, fuhr Filomena fort. »Er ist ein gebildeter, sympathischer Mensch aus guter Familie.«
»Also tatsächlich eine Liebe auf den ersten Blick?«
»Er hätte das richtige Alter für Silvia.«
»Nach dem richtigen Alter fragt man gewöhnlich bei den Rekruten.«
»Du kannst ganz ruhig sein, ich habe auch mit ihm gesprochen«, versicherte Filomena.
»Aber begreifst du denn nicht, daß gerade das mich beunruhigt?«
An diese Tonart war die gute Frau schon gewöhnt, darum fuhr sie, ohne darauf zu achten, fort:
»Bevor er nach Varese kam, half er seinem Vater im

Betrieb. Die Familie hat an ihrem Heimatort eine kleine Fabrik.«
»Was produzieren sie denn?«
»Kerzen für die Kirche.«
Daniele rümpfte die Nase.
»Kerzenrauch habe ich nie vertragen können, das solltest du eigentlich wissen.«
»Anscheinend hat es auch für diese Branche eine ernste Krise gegeben«, fuhr Filomena fort.
»Für die Kirche? Gott sei Lob und Dank«, rief Daniele. »Endlich eine gute Nachricht.«
»Nein, für die Kerzenindustrie«, berichtigte Filomena. »In den letzten Jahren haben auch dort unten viele Kirchen elektrische Beleuchtung bekommen.«
»Ich verstehe, die Religion söhnt sich mit der Wissenschaft aus.«
»Daraufhin hat der gute Junge, um der Familie zu helfen, sich eine Stellung gesucht und hat sie in Varese gefunden.«
»Und bei der nächsten Gelegenheit«, vollendete Daniele, »hat er dann einen Ausflug nach Norden gemacht und hat gleich noch eine Schwiegermutter gefunden.«
»Er ist ein feiner und wohlerzogener Mensch«, sagte Filomena, »und hat einen so freundlichen, warmen Blick, daß man Vertrauen zu ihm haben muß.«
Daniele brachte sie durch eine ärgerliche Bewegung zum Schweigen.
»Das bezweifle ich gar nicht«, sagte er. »Aber er ist

und bleibt ein Buchhalter. Es will mir nicht in den Kopf, daß ein Mädchen wie Silvia das liebe Frauchen eines biederen Spießbürgers werden soll.«

»Aber wenn er ihr gefällt?« entgegnete Filomena hartnäckig.

Daniele war fassungslos vor Staunen. Seine alte mißtrauische, übervorsichtige Frau war nicht wiederzuerkennen. Er hätte darüber gelacht, wenn Silvias Schicksal nicht auf dem Spiel gestanden hätte.

»Wie seltsam ist das Leben«, sagte Filomena seufzend. »Wer hätte gedacht, daß Autounfälle dazu dienen können, Bekanntschaften zu vermitteln.«

»Das ist doch ihr Hauptzweck«, rief Daniele ärgerlich. »Wußtest du das noch nicht? Die Regierung sorgt jetzt für alles.«

»Wirklich?« fragte Filomena erstaunt.

Die gute Frau konnte es kaum glauben.

»Ich werde also mit Silvia sprechen«, sagte Daniele abschließend.

»Du wirst ihr doch nichts in den Weg legen?« fragte Filomena.

Silvia war in der Loggia und hängte ein paar nasse Wäschestücke auf. Der Vater rief vom Vorplatz aus nach ihr.

»Silvia«, sagte er in seinem gewohnten herzlichen Ton, »kannst du herunterkommen und mir im Garten helfen?«

»Ich kann jetzt nicht«, antwortete das Mädchen mit zögernder Stimme.

»Und später?« fragte Daniele.
Er bekam keine Antwort. Wie angewurzelt blieb er stehen, den Blick starr auf die Loggia gerichtet, von wo das Mädchen sich eilig zurückgezogen hatte, und hoffte, sie wieder auftauchen zu sehen, mit ihrem gewohnten Lächeln, und sie rufen zu hören: »Wart' auf mich, ich komme sofort.« Aber er wartete vergeblich. Mehrere Male ging er durch den Gemüsegarten, sah hierhin und dorthin und konnte sich nicht mehr darauf besinnen, was er vor wenigen Minuten zu tun vorgehabt hatte. Alles schien bis zur Unkenntlichkeit verändert, und er war verwundert und traurig darüber. Zum Glück erschien Luisa zum Essen mit einem sehr schlechten Schulzeugnis, wodurch sie der Mutter einen würdigen Anlaß lieferte, sich aufs Geratewohl, aber in aller Breite über die Lehrer und ihre Ungerechtigkeit auszulassen, so daß für andere Unterhaltungen keine Zeit mehr übrigblieb. Aber die Spannung, die seit dem kurzen Aufenthalt des Fremden in der Familie herrschte, wurde um so ärger, je weniger darüber gesprochen wurde.
Silvia vermied es angelegentlich, mit dem Vater unter vier Augen zusammen zu sein. Wenn sie keinen Grund hatte, sich in der Nähe der Mutter aufzuhalten, schloß sie sich in ihr kleines Zimmer im zweiten Stock ein. Mindestens einmal täglich erhielt sie einen Eilbrief aus Varese, und das Antworten nahm ihr viel Zeit. Sie saß an dem kleinen Tisch in ihrem Zimmer nahe beim Fenster und schrieb Stunden um Stun-

den auf kleine Blätter aus hellblauem Papier. Nur bei jedem Auto, das auf der großen Straße zur Grenze fuhr oder von der Grenze kam, sah sie auf. Kaum hatte sie einen Brief beendet, bestieg sie ihr Rad und fuhr zur Post. Darüber hinaus ließ sie sich keine Gelegenheit entgehen, sich vom Hause zu entfernen.

Als Silvia eines Nachmittags zu ihrer Tante nach Bellinzona gefahren war, teilte diese Filomena telefonisch mit, daß das Mädchen zum Abendessen dortbleiben werde. Wenn dadurch ermöglicht werden sollte, daß man im Familienkreis in Silvias Abwesenheit ungestört über den jungen Mann sprechen konnte, so war jedenfalls nicht die Mutter darauf verfallen, denn sie hatte seit einiger Zeit alles Vertrauen zu der Überzeugungskraft ihrer Worte verloren. Aber Daniele schien an diesem Abend in gesprächiger Laune zu sein. Er lobte sogar die Spiegeleier mit Schinken, die seine Frau ihm vorsetzte. »Sie haben genau die richtige Festigkeit«, sagte er. Filomena aß den Rest Gemüsesuppe, der vom Mittag übriggeblieben war, und wiederholte zum hundertstenmal, daß die Suppe ihr aufgewärmt am besten schmecke. Sie hatte sich ein großes altes Tuch um die Schultern gelegt und aß mit gesenktem Kopf, wobei ihre Kiefer sich langsam und gleichmäßig mahlend bewegten wie die einer Kuh. Neben ihr saß Luisa, mit einem weißen Kätzchen auf dem Arm, dem sie den Schwanz streichelte, und trank ihren Tee.

»Ich kann mich nicht erinnern, seit wie vielen Jahren

du schon dieses Tuch trägst«, sagte Daniele zu seiner Frau. »Hattest du es nicht schon, bevor wir heirateten?«

»Es ist etwas ausgeblichen«, gab Filomena zu, »aber noch schön weich und warm. Vielleicht sollte ich es in die Färberei geben.«

»Bitte, komm ja nicht auf den Gedanken, es färben zu lassen und dann mir zu schenken«, sagte Luisa. »Du weißt, ich habe schon den Rock, der aus Großmutters Mantel gemacht worden ist.«

»Was wäre denn daran so schlimm?« entgegnete Filomena. »Früher gab es auch in den guten Familien Kleidungsstücke aus Wolle oder aus Seide, die mehrere Generationen überdauerten.«

Sie wußte, daß sie in dieser Hinsicht nicht Gefahr lief, ihrem Mann zu mißfallen. Tatsächlich griff er zu ihren Gunsten ein.

»Wenn man zu meiner Zeit einen Stoff loben wollte«, erklärte er, zu Luisa gewandt, »dann bezeichnete man ihn nicht als schön, sondern als solide.«

Filomena ließ sich den günstigen Augenblick nicht entgehen.

»Da Silvia erst später kommt«, sagte sie, »könnten wir vielleicht noch einmal über den jungen Mann sprechen.«

»Wie du willst«, erwiderte Daniele.

»Ich glaube wirklich, er ist ein anständiger Mensch.«

»Anständig?« fragte er. »Weißt du, was ich unter einem anständigen Menschen verstehe?«

»Natürlich«, antwortete sie, wenn auch mit zögernder Stimme. »Anständig ist anständig. Mein Vater zum Beispiel, war der vielleicht kein anständiger Mensch? Auch meine beiden Onkel sind ihr Leben lang geachtet worden.«

»Ich sehe, daß du nicht ahnst, was ich mir unter einem anständigen Menschen vorstellen könnte«, erwiderte Daniele. Dann fügte er hinzu: »Ich meine natürlich in bezug auf die Zeit, in der wir leben.«

Filomena blieb der Mund offenstehen.

»Könntest du dich nicht etwas einfacher ausdrücken?« bat sie schüchtern.

Daniele schwieg und sah unbeweglich ins Feuer, das im Kamin flackerte.

»Ich bin nicht gewöhnt, gegen dich recht zu behalten«, begann sie nach einer kleinen Weile von neuem. »Vielleicht möchte ich es auch gar nicht. Aber ich muß dich doch wenigstens informieren.«

Sie gab Luisa einen Wink, und das Mädchen ging mit dem Kätzchen auf dem Arm aus dem Zimmer.

»Glaubtest du Silvia zu kennen?« fuhr Filomena fort. »Hattest du gedacht, sie wäre wie du?«

Es war Abend geworden. Der tiefer gelegene Teil des Gartens, den man vom Küchenfenster aus sehen konnte, verschwand rasch im Dunkeln. Die Baumwipfel färbten sich bläulich, während das Profil der Berge eine dunkelrote Färbung annahm. Daniele legte neues Holz auf.

»Wie denkst du über das, was ich dir gesagt habe?«

»Was hast du gesagt?« entgegnete er.
»Hast du mir nicht zugehört?«
»Nein.«
»Ich sprach von Silvia.«
»Ich werde versuchen, mit ihr zu reden«, sagte Daniele.
Als das Mädchen eines Tages von einer ihrer Fahrten zurückkehrte, konnte sie dem Vater, der in der Vorhalle saß und eine Spritze reparierte, nicht mehr ausweichen.
»Ich muß eine kleine Fahrt ins Verzasca-Tal machen«, sagte Daniele freundlich zu ihr. »Willst du mitkommen?«
Silvia zögerte einen Augenblick.
»Gut«, sagte sie dann.
Sie wußte, daß der Ausflug nur ein Vorwand war. Aber einmal, sei es im Hause oder anderswo, mußte sie ja mit dem Vater sprechen.
Vater und Tochter nahmen den Omnibus nach Aquino. Daniele hatte ein Säckchen Saaterbsen für einen Freund mit, der dort wohnte. Nur einige alte Bäuerinnen mit leeren Körben und ein paar Schulkinder waren außer ihnen in dem Omnibus. Silvia wandte den Blick nicht von der Landschaft, obwohl sie ihr bekannt war und nichts Ungewöhnliches bot. Der See sah aus wie ein großes, graues Tuch mit langen schwärzlichen Rissen, das von den grünen Flecken der Weiden und der Pappeln eingerahmt war. Die Vorboten des Frühlings waren merklicher geworden, besonders der wür-

zige Duft, der von der frisch umgegrabenen Erde ausging, von dem verbrannten Strauchwerk und den ersten klebrigen Knospen, vielleicht auch von dem Samen, der vor kurzem in die Furchen gekommen war. Während sie bergauf fuhren, gab es einige Regenschauer, jedoch ohne daß die Sonne davon verdunkelt wurde. Das Tal war arm. Der Anblick der Felsen erinnerte an abgewetzte, verwitterte Knochen.

»Bei solchem Wetter hieß es früher: der Fuchs heiratet«, sagte Daniele lächelnd zu seiner Tochter.

»Warum?« fragte sie.

»Vielleicht weil der Fuchs geizig ist«, versuchte Daniele zu erklären. »Um die Ausgaben für das Hochzeitsfest zu umgehen, sucht er sich ein trügerisches Wetter aus, bei dem niemand von der Nachbarschaft damit rechnet.«

Das Mädchen erinnerte sich an diese Worte, als sie beim Aussteigen einen wundervollen Regenbogen über dem Tal entdeckte.

»Sieh mal, der Himmel freut sich mit dem Fuchs«, sagte sie.

»Ja, der Himmel hält es mit den Schlauen«, bemerkte der Vater zustimmend.

Aquino ist eine Ansammlung von ein paar alten, dunklen Häusern. An diesem Tag hätte man es für unbewohnt halten können. Der Freund, dem Daniele die Saaterbsen bringen wollte, wohnte in einem ärmlichen, niedrigen Haus in der engen kleinen Straße hinter der Kirche. An einem in die Mauer eingelassenen Ring war eine Ziege angebunden; ein scharfer Stallgeruch erfüllte die ganze Straße.

»Antonio«, rief Daniele.

Es dauerte eine Weile, bis die Tür sich öffnete und eine schwarzgekleidete, vor Alter ganz zusammengeschrumpfte Greisin erschien.

»Guten Tag, Maria Rosaria«, begrüßte Daniele sie. »Ist dein Sohn nicht da?«

»Antonio ist auf dem Feld«, antwortete die Alte. »Aber wer seid ihr denn, ihr beide?«

Ehe Daniele antworten konnte, erkannte ihn die Alte. »Daniele! Was für eine Überraschung«, rief sie. »Und wer ist dieses hübsche Mädchen? Deine Tochter? Schon so groß? Kommt doch herein, ich schicke sofort nach Antonio.«

»Vielen Dank«, sagte Daniele, »aber du sollst dir keine Umstände machen. Wir wollten euch nicht besuchen, wir sind nur auf einem Spaziergang, und ich habe euch ein paar Saaterbsen mitgebracht.«

»Ihr wollt nicht hereinkommen?« sagte die Alte enttäuscht. »Antonio wird es mir nicht verzeihen, daß ich euch nicht dabehalten habe.«

Daniele ließ sich nicht überreden.

»Ein andermal«, sagte er. »Heute möchte ich lieber mit meiner Tochter zu Fuß nach Hause gehen. Wir haben beide das Bedürfnis, etwas unter vier Augen zusammen zu sein.«

So machten sie sich ohne Aufenthalt auf den Rückweg.

»Wer weiß, was dein Freund Antonio denken wird«, sagte Silvia verstimmt, sobald sie das Dorf hinter sich gelassen hatten.

»Von wem?« fragte Daniele.

»Von dir, von uns beiden. Warum haben wir nicht auf ihn gewartet?«

»Er wird nichts Ungewöhnliches dabei finden, daß ein Vater und seine Tochter einen Spaziergang machen wollen.«

Silvia sah sich um. An dieser Stelle war das Tal recht eintönig und häßlich.

»Es scheint mir nicht ein Ort zu sein, den man von weither aufsucht, um spazierenzugehen«, sagte sie unwillig.

Es war also kein guter Anfang. Sie gingen noch ein Stück weiter, ohne zu sprechen. Daniele sah verstohlen zu seiner Tochter hin und konnte seiner Überraschung und Verlegenheit nicht Herr werden. Wenn sie sonst zusammengingen, nahm er sie bei der Hand. Silvia hatte das immer sehr gern gehabt. Jetzt war es unmöglich. Sie blieb mißgelaunt und abweisend.

»Müssen wir denselben Weg zurückgehen?« fragte sie.

»Es gibt keinen anderen«, antwortete der Vater.

»Gibt es nicht einen Fußweg, der unten im Tal den Bach entlang geht?« fragte Silvia hartnäckig.

»Ich glaube nicht«, sagte Daniele. Aber da er gern jeden Wunsch seiner Tochter erfüllen wollte, fügte er hinzu: »Wir können es versuchen, wir haben keine Eile.«

Sie fanden einen steilen Weg, der in Schlangenlinien zwischen Ginster und Brombeerbüschen bis zu der Stelle führte, wo der Bach schäumend von einem hohen Felsen herunterstürzte.
Unter dem Felsvorsprung verwandelte sich der kleine Wasserfall in ein klares, ruhiges Becken, das so durchsichtig war, daß man jedes Steinchen auf dem Grund sah.
»Was für seltsame Nudelsterne«, rief Silvia und wies auf einen sandigen, doppelt handbreiten Streifen unter dem Wasser.
»Das ist Forellenlaich«, erklärte der Vater.
»Trägt die Strömung ihn denn nicht fort?«
»Im Herbst beginnen die Forellen flußaufwärts zu schwimmen, der Quelle zu. Die Weibchen suchen sich einen steinigen, gut geschützten Platz, um dort zu laichen. An dem gewählten Ort schieben sie die Steinchen mit dem Schwanz zur Seite, und der Laich bleibt kleben.«
»Wie wunderbar! So kommen die Forellen zur Welt?«
»Das genügt noch nicht«, fuhr Daniele fort. »Später muß der Laich von den Männchen befruchtet werden. Sie folgen den Spuren der Weibchen und bespritzen die Steine, an denen der Laich klebt, mit ihrer milchigen Flüssigkeit. Wenige Tage später beginnen die Eier sich zu öffnen.«
Silvia hatte sich an den Rand des Beckens gesetzt und betrachtete die kleine gelbliche Ablagerung, die das Wunder der Befruchtung erwartete.

»In diesem Augenblick beneide ich die Forellen«, sagte sie leise.
»Das kann ich verstehen«, sagte Daniele. »Dein Vater und seine Ansichten sind dir im Wege.«
Silvia widersprach ihm nicht.
»Wollen wir darüber reden?« schlug Daniele vor.
»Die Zeiten, in denen es die Eltern waren, die die Ehen ihrer Kinder vermittelten, sind vorbei, gewiß, aber du kannst mir nicht verbieten, eine Meinung zu haben. Da ich dich lieb habe, mache ich mir Sorgen um deine Zukunft.«
»Ich bin schrecklich traurig«, sagte Silvia, »daß gerade du, Vater, an meinem Glück nicht teilnimmst.«
Sie hatte die Augen voller Tränen. Für einen Moment schien es, als sei der Kontakt zwischen Vater und Tochter wiederhergestellt.
»Fühlst du dich wirklich glücklich?« fragte der Vater.
»Unendlich«, antwortete das Mädchen. »Glaub mir, Vater, ich wußte nicht, daß man so glücklich sein kann. Jetzt weiß ich endlich, was Liebe ist.«
»Und dein früheres Gefühl war nicht Liebe?«
»Nein«, sagte Silvia. »Das ist mir jetzt klar geworden. Es war Zuneigung, Achtung, Sympathie, alles was du willst, aber nicht Liebe.«
»Ich hatte mir für dich einen nicht alltäglichen Mann gewünscht.«
»Einen Helden?«
Daniele bemerkte die Ironie nicht.
»Nein, einfach einen anständigen Menschen.«

»Ich glaube nicht, daß der Mann, den ich gewählt habe, kein anständiger Mensch ist.«

»Er hat die Möglichkeit, jederzeit mit einem regulären Paß diese dreckige Grenze zu überschreiten. Daraus kann ich schon meine Schlüsse ziehen.«

»Er beschäftigt sich nicht mit Politik.«

»In einer Diktatur ist das eines der bequemsten Mittel, um kein anständiger Mensch zu sein.«

Silvia zuckte die Achseln.

»Ich bemühe mich, dich zu verstehen«, fuhr der Vater fort. »Ich stelle mir vor, daß es sich um eine vorübergehende Verliebtheit handelt. Sicher sieht er gut aus.«

»Ich habe schon andere gutaussehende Männer kennengelernt«, antwortete Silvia. »Außerdem hatte er ja noch einen verbundenen Kopf, als er zu uns ins Haus gebracht wurde. Es war vor allem seine Stimme, die mir ans Herz ging. Eine verängstigte, zärtliche Stimme. Die ganze Nacht hat er mir von seiner Kindheit erzählt. Am nächsten Morgen kam es mir vor, als hätte ich ihn schon immer gekannt, und ich hatte das sichere Gefühl, daß jeder von uns den anderen brauchte. Es tut mir leid für Agostino«, fügte sie mit sichtlicher Anstrengung hinzu.

»Wenn du es noch nicht getan hast«, bemerkte der Vater, »hast du die Pflicht, es ihm mitzuteilen.«

»Bleibt er noch lange in Aarau?« fragte Silvia, einen unausgesprochenen Wunsch verratend.

»Ich glaube nicht. Er hat dort nur eine Arbeit für seine Firma zu beenden.«

»Hängt es denn nicht von dir ab, ob er noch länger dort bleibt?«

»Durchaus nicht«, antwortete der Vater barsch. »Was denkst du dir eigentlich?«

Die Schroffheit dieser Antwort schuf wieder die Kühle und den Abstand zwischen Vater und Tochter, die vorher geherrscht hatten. Die Aussprache hatte nichts genützt. Silvias Gesicht war wie versteinert.

Eine Weile folgten sie noch dem Fußweg, aber sie kamen nicht weit, denn bald führte er über den Bach und ging in Zickzackwendungen an der anderen Seite des Tales steil aufwärts. Sie mußten also umkehren und den Abhang wieder hinaufsteigen, bis sie bei der Autostraße hinauskamen. Silvia langte erhitzt und außer Atem oben an. Zum Glück hielt wenig später ein Lastwagen neben ihnen, der leer bergab fuhr, und der Fahrer lud Vater und Tochter zum Mitfahren ein. Sie ließen sich nicht lange bitten. Der Fahrer war ein Bekannter und arbeitete für dieselbe Firma wie Agostino. Bald kam daher die Rede auf ihn.

»Ich hoffe, er kommt bald wieder zurück«, sagte der Fahrer. »Von Zeit zu Zeit streiten wir uns, aber ich habe ihn gern.«

»Wer ihn kennt, muß ihn gern haben«, bestätigte Daniele.

»Er ist ein Mann der Freundschaft«, fuhr der Fahrer fort. »Ich weiß nicht, ob ihr mich versteht. So wie ein anderer ein Mann der Partei oder der Kirche oder ein Geschäftsmann ist, so ist er ein Mann der Freundschaft.«

»Es geht nichts über die Freundschaft«, sagte Daniele. Und so ging es noch eine gute Weile, bis Silvia in auffälliger Weise zu gähnen begann.
»Entschuldigt bitte«, sagte sie, »ich weiß, daß das nicht sehr freundschaftlich ist.«

8

An einem jener Tage verbreitete sich in den Kaffeehäusern der kleinen Stadt das Gerücht, die Polizei sei im Begriff, die Hintergründe einer politischen Schlägerei aufzudecken, die vor einiger Zeit stattgefunden habe, wobei ein großer Skandal und Schaden für die beiden gegnerischen Parteien entstehen würde. Tatsache ist, daß am selben Tag – wenn auch ohne die geringste Übereinstimmung – sowohl der Rechtsanwalt Z. als auch sein direkter Gegenspieler bei der Unterhaltung mit ihren politischen Freunden im Café Andeutungen über eine finstere Machenschaft fallen ließen, die den ungestörten Verlauf des bevorstehenden Kamelienfestes beeinträchtigen sollte und den Zustrom von auswärtigen Besuchern ernstlich gefährdete. Nach Meinung des Rechtsanwalts Z. war das gegen den Fremdenverkehr gerichtete Manöver von den Konservativen im Einverständnis mit dem Ausländer in die Wege geleitet worden, während sein Kollege von der Rechtspartei sich vorsichtigerweise darauf beschränkte, eine Intrige der üblichen Gegner der Folklore zu vermuten. Das Ziel der Beschuldi-

gungen war in beiden Fällen das gleiche, nämlich die Polizei einzuschüchtern.
Von den Café-Clubs aus verbreitete sich der Alarm mit Blitzgeschwindigkeit bis unter die Laubengänge des großen Platzes und in die nahegelegenen Gassen. Die verschlafene kleine Stadt wurde durch einen Windhauch von Panik unsanft aufgeweckt. Das Fest war in Gefahr. Der gute Name der ganzen Gegend stand auf dem Spiel. Die alten ausländischen Damen würden schleunigst abreisen. Radikale, Sozialisten, Konservative und Geistliche verbrüderten sich schließlich angesichts der gemeinsamen Gefahr. Ein unabhängiger Journalist und leidenschaftlicher Zigarrenraucher lieferte das Motto für die Situation: Die Politik trennt uns, aber das Fest vereint uns. Man ließ dem örtlichen Polizeichef etwas Zeit, damit er sich mit seinen Vorgesetzten beraten konnte, und als das Festkomitee gegen Abend bei ihm vorsprach, um sich beruhigen zu lassen, war er tatsächlich imstande, alle Befürchtungen zu zerstreuen. Um das Ansehen des Polizeikorps zu wahren, bemühte er sich sogar zu beweisen, daß er sich nicht etwa zurückhielt, weil ein Druck auf ihn ausgeübt worden war.
»Eine Schlägerei?« rief er wie jemand, der aus allen Wolken fällt. »Verzeihung, von was für einer Schlägerei sprecht ihr eigentlich? Bei uns hat keine Untersuchung über eine Schlägerei stattgefunden.«
Von diesen Intrigen und Ängsten ahnte Nunziatina nicht das geringste. Sie las nicht die Zeitung, ging

nicht ins Café und hatte keine Freunde, die dort Stammgäste waren. Sie wußte nicht einmal, daß ihre Unterhaltung mit dem jungen Palermitaner, der die heilige Rosaria verehrte, ein gewaltsames Nachspiel gehabt hatte. Sie hatte die anfängliche Angst jenes Nachmittags fast vergessen, und es war ihr nur eine dankbare Erinnerung an Agostino geblieben. Sie hätte ihm gern zum Dank für seine Beschützerdienste wenigstens ihre bescheidenen Dienste, natürlich ohne Entgelt, angeboten. Warum sollte er ihr nicht ein oder zweimal im Monat seine Kleider und seine Wäsche zum Ausbessern bringen? Es hätte ihr eine rechte Befriedigung gewährt, sich damit zu beschäftigen. Aber der Bergamaske hatte sich nicht mehr blicken lassen, und dieses zuerst hilfreiche und dann diskrete Verhalten bewies sein Taktgefühl. Das Dasein der kleinen Schneiderin lief also wieder im alltäglichen Grau und in dem eintönigen Rhythmus dahin, den sie gewohnt war. Ihre Hauptsorge in diesen Tagen waren ihre Augen, die sich weiter verschlechtert hatten, so daß es ihr immer größere Mühe machte, die Nadel einzufädeln.

Da sie eine Vorladung von der Polizei erhalten hatte, ging sie ohne irgendwelche Besorgnisse auf das Revier und nahm sogar, um den Weg nicht zweimal machen zu müssen, die Quittungen ihrer pünktlich bezahlten Steuer-, Licht- und Milchrechnungen mit.

»Sehen Sie?« sagte sie zu dem Polizisten. »Bei mir ist alles in Ordnung.«

Um so größer war ihre Überraschung, als ihr mitgeteilt wurde, daß ein Ausweisungsbefehl gegen sie vorliege. Nunziatina begriff nicht gleich, sie konnte es nicht begreifen und ließ es sich mehrmals wiederholen. Sie konnte es kaum fassen, daß diese drakonische Maßnahme ihr gelten sollte, aber der kleine stämmige Mann hinter dem Schreibtisch nahm ihr auf die unfreundliche Art, die dieser Beruf mit sich bringt, jeden Zweifel daran.

»Wie ist denn das möglich?« fragte sie ungläubig und schaute sich verwirrt um.

Das Zimmer war ordentlich und sauber. Es roch leicht nach einem Desinfektionsmittel, wie im Warteraum einer Sanitätsstation. Aber die hygienischen Maßnahmen hatten der besonderen Atmosphäre, die in allen Polizeistationen der ganzen Welt herrscht, keineswegs die geheimnisvolle Eigenschaft genommen, die Unschuldigen, die hier nur zufällig Rechenschaft ablegen müssen, in Schrecken zu versetzen. Ohne die Ursache zu kennen, fühlte die unglückliche Nunziatina sich plötzlich von Angst gepackt.

»Wie ist das möglich?« fragte sie in flehendem Ton.

»Was weiß ich davon«, antwortete der Polizist. »Ich habe nur Befehle auszuführen.«

»Was für ein Verbrechen habe ich denn begangen?«

»Gar keins«, versicherte ihr der Polizist. »Wenn Sie eines Vergehens beschuldigt wären, hätten Sie sich vor Gericht zu verantworten.«

Sie brach in Tränen aus. »Warum schickt man mich denn fort?« fragte sie.

Die Tränen verstimmten den Polizisten noch mehr.
»Die Polizei ist nicht verpflichtet, Erklärungen abzugeben«, sagte er unfreundlich.
»Ich verstehe«, stammelte Nunziatina schluchzend, »aber das ist mein Ruin.«
Der Polizist zuckte die Achseln.
»Ich kann dabei nichts tun«, wiederholte er.
»Ich habe immer gearbeitet«, klagte die Ärmste. »Ich habe nie Aufsehen erregt, habe mich nie mit Politik beschäftigt.«
Für einen kurzen Augenblick wurde der Polizist von Mitleid erfaßt. Sein Profil glich in diesem Augenblick dem eines Schafes.
»Das ist vielleicht gerade der Fehler«, ließ er sich entschlüpfen. »Wer weiß, wenn Sie mit Politik zu tun hätten, würden Sie vielleicht beschützt.«
Aber sofort bereute er diesen Augenblick der Schwäche. Die strenge Disziplin des Polizeikorps hatte noch nicht die Reste einer gewissen Unsicherheit beseitigt, derentwegen er als junger Mann zwischen der Laufbahn des Volksschullehrers, für die seine Mutter sich erwärmt hatte, und dem Beruf des Gastwirts, für den sein Vater eintrat, geschwankt hatte. Schließlich hatte seine Tüchtigkeit als Schütze ihn dazu bestimmt, Hüter der öffentlichen Ordnung zu werden.
Nunziatina war jedoch in den Geschäften dieser Welt zu unerfahren, um den tieferen Sinn seiner unvorsichtigen Bemerkung zu verstehen. Auf einer Bank an der Wand zusammengekauert, sah sie noch kleiner, noch

älter und armseliger aus als sonst. Auch ihr Weinen klang schwächlich und jämmerlich. Der Polizist nahm eine Zeitlang keine Notiz von ihr und begann, einige Akten zu studieren, die auf dem Schreibtisch lagen. Kaum ließ das Weinen sie etwas zu Atem kommen, fing sie wieder an zu fragen.

»Kann man denn ohne Erklärung einen Menschen ruinieren? Ohne daß man ihm die Möglichkeit gibt, sich zu verteidigen, seine Unschuld zu erklären oder zu beweisen, daß es sich um einen Irrtum handelt?«

»Natürlich«, sagte der Polizist energisch. »Mit einem Landsmann kann man das nicht machen, wohl aber mit einem Ausländer. Gehen Sie zu einem beliebigen Rechtsanwalt, der erklärt es Ihnen sofort.« Er nahm ein Blatt in die Hand und fügte hinzu: »In Ihrem Fall lautet die Begründung: *indesiderabile – unerwünscht.* Damit ist dem Gesetz Genüge getan. Sie können jetzt gehen.«

Aber das seltsame Wort hatte die Macht, Nunziatinas Tränen mit einem Schlage versiegen zu lassen. Sie erblickte einen Hoffnungsschimmer.

»Was soll das bedeuten?« fragte sie, neugierig geworden.

»Haben Sie denn die italienische Sprache vergessen?« bemerkte der Polizist spöttisch. »Das heißt einfach, daß Sie in unserem Land nicht mehr erwünscht sind.«

»Das muß ein Mißverständnis sein«, rief Nunziatina, »eine Verwechslung. Heilige Jungfrau, ich habe nie den Anspruch erhoben, erwünscht zu sein, nicht einmal als junges Mädchen. Was macht es mir denn aus, entschuldigen Sie schon, daß ich nicht mehr erwünscht bin. Es genügt, wenn ich in Frieden arbeiten darf.«

Der Polizist sah sie scheel an.

»Wollen Sie dieses Zimmer aus freien Stücken verlassen«, fragte er, »oder muß ich Sie hinauswerfen?«

Nunziatinas kleine Hoffnung verlöschte wie das Flämmchen einer Kerze im Wind.

»Wo soll ich denn hingehen?«

»Wohin Sie wollen.«

»Ich wohne seit dreißig Jahren hier.«

»Und da wagen Sie es, sich zu beklagen?« rief der Polizist.

Er war ehrlich entrüstet.

»Dreißig Jahre lang sind Sie in einem Land geduldet worden, das nicht das Ihre ist, und Sie wagen es noch, sich zu beklagen?«

»Ich wollte ja nur sagen: ich weiß nicht, wo ich hingehen soll«, murmelte Nunziatina.

»Die Welt ist groß«, rief der Polizist und breitete die Arme weit aus. »Und Sie sind schließlich kein junges Mädchen mehr.«

»Wenn ich nur ein junges Mädchen wäre!« stammelte sie und begann wieder zu weinen. »In meinem Alter, wo soll ich da die Kraft hernehmen, um wieder neu anzufangen?«

»Jetzt haben Sie mich wirklich genug belästigt!« rief der Polizist. »Ich sage es Ihnen zum letztenmal: Gehen Sie!«

Nunziatina erhob sich mühsam und ging zur Tür. Aber dann kehrte sie noch einmal um.

»Was soll ich mit meinen Möbeln machen?« fragte sie.

»Was Ihnen beliebt«, antwortete der Polizist. »Sie können sie sogar mit der Bahn schicken.«

»Wohin denn?«

»Wohin Sie wollen. Nach Florenz, Paris, Lissabon, meinetwegen auch nach der Insel Java.«

»Sie sind nicht mehr die Transportkosten wert.«

»Dann verkaufen Sie sie.«

»Wer soll denn die abgenützten Möbel kaufen?«

»Verstehen Sie doch, das ist eine Sache, die uns nichts angeht«, sagte der Polizist gereizt.

»Gut, dann stelle ich sie auf die Straße«, murmelte Nunziatina achselzuckend, während sie auf die Tür zuging.

Aber der Polizist sprang wie von der Tarantel gestochen auf und lief hinter ihr her.

»Warten Sie«, sagte er. »Sie haben doch wohl nicht im Ernst gesprochen? Sie wollen doch nicht einen Skandal auf offener Straße verursachen? Sind Sie sich darüber im klaren, was für ein Aufsehen das erregen würde, so kurz vor dem Fest?«

Zum erstenmal während der Unterredung sprach und benahm sich der Polizist, wie ein Mensch zum anderen spricht. Er appellierte an Nunziatinas gesunden Menschenverstand, an ihren Sinn für Anstand und Würde und ihr gutes Herz.

»Nicht wahr, Sie werden vernünftig sein, so kurz vor dem Fest?« sagte er lächelnd.

Seine Mahnung blieb nicht ungehört. Nunziatina bereute sofort ihre Worte, die sie zerstreut hingeworfen hatte und die dennoch wie eine vorbedachte Drohung wirken konnten.

»Ich werde es nicht tun, beruhigen Sie sich«, sagte sie und entfernte sich.

Traurig und gedemütigt irrte sie ohne Ziel durch die Laubengänge, lief sie mehrmals eilig auf und ab wie eine Maus in der Falle und flüchtete sich schließlich in die Kirche. Wieder hatte das Schicksal sie an den Rand eines Abgrundes geführt — auf eine unbegreifliche, völlig sinnlose Weise. Die Entscheidung der Polizei war in Nunziatinas Augen so abwegig, daß sie nicht einmal den Versuch machte, eine Erklärung dafür zu finden. Es war einfach ein Unglück, ein weiterer Ziegelstein auf ihren armen Kopf. Während sie vor der Madonna von der immerwährenden Hilfe kniete, fiel ihr ein, in welcher Seelenangst sie die Stunden vor der Begegnung mit dem jungen Palermitaner hier verbracht hatte; und dabei war damals alles gut abgegangen, so wie Agostino es vorausgesehen hatte — dank seinem Rat und seiner Anwesenheit. Wo konnte sie den Bergamasken jetzt wiederfinden? Während sie betete, fiel ihr auch Daniele ein, den sie als einen Mann von schroffer Wesensart, aber von gutem Herzen kannte. Vielleicht konnte er ihr helfen, Agostino wiederzufinden.

Sie sprach eilig ihr Gebet zu Ende und lief zum öffentlichen Fernsprecher. Um nicht lächerlich zu wirken – das Wort »unerwünscht« klang ihr noch in den Ohren –, versuchte Nunziatina, Daniele in leicht verschleierten Worten zu erklären, aus welchem wichtigen Grunde sie Agostino recht schnell ausfindig machen mußte. Aber Daniele schien es nicht zu schätzen, daß man am Telefon über derartige Dinge sprach, und es wurde eine recht unklare und peinliche Unterhaltung.

»Verstehen Sie mich?« fragte Nunziatina nach jedem Satz.

»Nein, ich verstehe keinen Ton«, antwortete Daniele.

Sie versuchte, das schon Gesagte noch einmal zu wiederholen, aber er unterbrach sie:

»Es hat keinen Sinn, es ist nichts zu verstehen. Geben Sie es auf.«

Schließlich lud er sie ein, ihn so bald wie möglich aufzusuchen.

9

Ein warmer goldener Widerschein fiel von Danieles altem Haus auf den Vorplatz. Der Rosenstock, der sich an der Hausfront entlang bis zu der Loggia hochrankte, hatte Hunderte von kleinen roten Blütenblättern angesetzt. Sanft wie Taubenflügel streiften die Sonnenstrahlen die Wipfel der Obstbäume.
»Sie werden sehen, wie schön es Ende April hier ist«, sagte Silvia voller Stolz zu Herrn Cefalù.
»Ich werde nicht fehlen«, antwortete er lächelnd.
Zu Füßen der niedrigen Mauer am Ende des Gemüsegartens waren ein paar Primeln aufgeblüht. Silvia hatte sie gepflückt, um sie dem Gast zu überreichen.
»Du mußt auch kommen«, hatte sie zum Vater gesagt, der im Garten arbeitete. »Und nicht zu spät.«
»Ich kann mich so nicht zeigen«, hatte Daniele geantwortet. »Ich bin gerade erst mit dem Düngerhaufen fertig geworden.«
»Du kannst dich doch waschen«, erwiderte das Mädchen. »Wenn du dich beeilst, kannst du sogar noch ein Bad nehmen. Aber du darfst dich nicht weigern, ihn zu sehen, wenn er extra von Varese herkommt.«

»Er ist schließlich nicht meinetwegen gekommen«, sagte Daniele. »Doch«, entgegnete Silvia. »Und es ist ja verständlich, daß er meinen Vater kennenlernen will, oder nicht?«

»Gut«, versprach Daniele schließlich, »ich werde für einen Augenblick hinaufkommen.«

»Aber nicht zu spät«, sagte das Mädchen. »Er muß noch heute abend nach Hause zurück, er hat nur einen Urlaub von wenigen Stunden.«

Silvia war lebhaft und angeregt und sah noch hübscher aus als sonst. Sie hatte zu diesem Anlaß ein neues weiß-rosa Kleid angezogen, das ihr besonders gut stand, und trug zwischen den braunen Zöpfen eine prächtige rote Kamelie, die sie von einer Freundin aus Ascona bekommen hatte, vielleicht die erste in diesem Jahr. Während sie eilig fortlief, sah Daniele ihr bewundernd nach und lächelte.

Von seinem Platz hinter den Lorbeerbüschen hatte Daniele den jungen Mann bei seiner Ankunft schon gesehen. Er war mittelgroß, schlank, elegant und hatte das schmale, dunkle Gesicht eines Menschen, der viel Sport treibt; durchaus nicht unsympathisch. Daniele begann sich abzufinden. Wenn seine Tochter, die kein dummes Ding war, sich so glühend in diesen Unbekannten verliebt hatte, so mußte sie auch seelische Qualitäten an ihm gefunden haben.

Der junge Mann hatte Silvia einen Bildband mitgebracht, ein großes Buch mit Farbreproduktionen der Hauptwerke Bernardo Luinis.

»Vielen Dank«, hatte das Mädchen gesagt und mit der Mutter zusammen begonnen, darin zu blättern. Aber nach dem Betrachten der ersten Abbildungen entschuldigte sie sich. »Ich glaube, das haben wir schon«, sagte sie lächelnd.

»Das macht nichts«, bemerkte der junge Mann sofort. »Der Buchhändler tauscht es mir gegen ein anderes Buch um, und ich schicke es Ihnen mit der Post.«

»Ich will mal nachsehen«, sagte Silvia und fing an, die Treppe hinaufzugehen.

Der junge Mann zögerte einen Augenblick, dann folgte er ihr, ohne ausdrücklich aufgefordert zu sein.

»Zeigen Sie mir doch Ihre Bücher«, bat er. »Ich möchte Ihnen nicht noch andere mitbringen, die Sie schon besitzen.«

Filomena sah, wie sie um die Wette die Treppe hinaufliefen, und lächelte. Wahrscheinlich hielt sie es für einen jugendlichen Vorwand, damit sie ein wenig miteinander allein sein konnten. Silvia wurde gerade am Ende der Treppe eingeholt, vor der Tür des kleinen Raumes, der innerhalb der Familie den stolzen Namen Büro trug.

»Bei einem Wettlauf, der unentschieden endet, müssen beide Sieger prämiiert werden«, sagte der junge Mann.

Sie umarmten sich und küßten sich zärtlich. Die Tür des kleinen Zimmers war verschlossen.

»Vater wacht eifersüchtig über seinen Papieren«, sagte Silvia lachend.

»Auch über seiner älteren Tochter?« fragte er.
»Ich fürchte – ja«, antwortete sie.
Silvia hatte den Schlüssel bei sich, aber die Tür ging nicht gleich auf.
»Ich habe einen rührenden Brief von meinem Vater bekommen«, sagte der junge Mann. »Wenn Sie erlauben, werde ich ihn später vorlesen, wenn Herr Daniele dabei ist. Dann wird er den Geist, der in unserer Familie herrscht, besser verstehen.«
»Geht es bei Ihnen zu Hause allen gut?« fragte Silvia, die es für ihre Pflicht hielt, sich danach zu erkundigen.
»Sehr gut, vielen Dank. Vater schreibt mir unter anderem, daß er eine große Kerze in der Kirche für uns angezündet hat.«
»Eine Kerze?«
»Ja, eine große Kerze.«
»Tun denn bei Ihnen auch die erwachsenen Männer so etwas?« fragte Silvia verlegen.
Herr Cefalù glaubte, sich nicht klar ausgedrückt zu haben.
»Ich meine eine geweihte Kerze«, sagte er. »Ist das hier nicht Sitte?«
»Wir haben elektrisches Licht«, erwiderte das Mädchen entschuldigend.
Zum Glück gab das Türschloß endlich nach, an dem sie während der ganzen Zeit hantiert hatte, und das Gespräch wurde unterbrochen. In dem kleinen Zimmer war die Kultur durch ein Regal vertreten, auf

dem vor allem Schulbücher und Geschenkbände standen. Es gab auch eine Reihe von Bänden der Züricher Büchergilde.

»Wissen Sie, was eine Büchergilde ist?« fragte Silvia. »Nein? Das soll Ihnen mein Vater nachher erklären.«

»Da ist der Luini«, sagte sie gleich danach und zog ein großes Buch aus dem Regal.

»Und diese anderen hier, waren das Ihre Schulbücher?« fragte der junge Mann lachend.

»Ja, das sind nur langweilige Leitfäden und ehrbare Grammatiken und Wörterbücher«, antwortete sie.

Die übrigen Papiere, die auf einem Tisch und auf mehreren Stühlen angehäuft waren, betrafen wahrscheinlich die Verwaltung des Hofes. Die Neugierde des jungen Mannes war geweckt, und er sah sich genauer um. In einer Ecke waren Packen von politischen Druckschriften aufgeschichtet.

»Merkwürdig«, sagte er leise vor sich hin.

»Was finden Sie merkwürdig?« fragte das Mädchen.

Es gelang ihm nicht, eine plötzlich aufgekommene Verlegenheit zu verbergen.

»Merkwürdige Wörterbücher«, sagte er.

»Das sind die Wörterbücher, die in unseren Schulen verwendet werden«, erklärte sie.

»Merkwürdige Schulen, merkwürdige Lehrer.«

»Ja, unser Mathematiklehrer war etwas verrückt«, gab das Mädchen zu, um ihm nicht zu widersprechen.

Der junge Mann trocknete sich die Stirn, die von Schweißtropfen bedeckt war.

»Finden Sie es hier nicht sehr heiß?« fragte er.

In diesem Augenblick ertönte von unten her die Stimme der Mutter.

»Silvia«, rief sie, »willst du nicht den Kaffee machen?«

»Wir kommen sofort«, antwortete Silvia von der Tür aus.

Der junge Mann schien nichts zu hören; tief in Gedanken versunken starrte er auf die Bücher.

»Lassen Sie uns hinuntergehen«, sagte Silvia lächelnd. »Wir wollen keinen Verdacht bei meiner Familie erregen.«

»Kann ich noch ein paar Minuten hier oben bleiben? Diese Bücher, die Sie als kleines Schulmädchen benutzt haben, rühren mich«, sagte der junge Mann mit unsicherer Stimme.

Später sollte es Silvia erscheinen, als hätte er schon verstört ausgesehen, als er diese Worte an sie richtete, aber im Augenblick schrieb sie eine gewisse Veränderung seiner Stimme der von ihm selbst eingestandenen Rührung zu. So blieb er in dem kleinen Zimmer allein; fünf, vielleicht auch zehn Minuten lang.

Unten in der Küche war auch Luisa, gerade aus der Schule zurückgekehrt, und die drei Frauen machten sich vergnügt und aufgeregt zu schaffen.

»Während Silvia den Kaffee macht, deckst du den kleinen Tisch für fünf Personen«, sagte Filomena zu ihrer jüngeren Tochter. »Ich kümmere mich inzwischen um die Apfeltorte.«

Auf Silvias Drängen hin hatte sich auch die alte Filomena festlich gekleidet und eine Kette angelegt, die nur bei besonderen Gelegenheiten aus dem Schmuckkästchen hervorgeholt wurde.

»Gib acht, das ist deine Reifeprüfung«, sagte Luisa scherzend zu der älteren Schwester. »Du weißt doch, die jungen Italiener beurteilen die Mädchen vor allem nach ihren Fesseln und dann danach, was für einen Kaffee sie zu machen verstehen.«

Silvia warf schnell einen Blick auf ihre Fußgelenke.

»Gott sei Dank hast du nichts zu befürchten«, sagte die Mutter lächelnd zu ihr.

Luisa verteilte schon die gestickten Teeservietten auf dem Tisch, als plötzlich eilige Schritte auf der Treppe zu hören waren.

Im nächsten Augenblick stand der Gast in der Türöffnung. Sein Gesicht war totenblaß, verzerrt, verängstigt.

»Was ist Ihnen zugestoßen?« konnte Silvia ihn gerade noch fragen.

»Entschuldigen Sie«, stammelte er, »entschuldigen Sie, ich muß fort, ich kann nicht hierbleiben . . .«

Ohne ein weiteres Wort wandte er sich um und stürzte davon, als würde er verfolgt. Wenig später ertönte von der Straße her das Geräusch seines abfahrenden Wagens.

Die Frauen waren an ihrem Platz stehengeblieben, stumm, wie versteinert. Sie sahen einander an, als trauten sie ihren Augen nicht.

»Was war nur in ihn gefahren?« fragte Filomena. »Hoffentlich ist er nicht nervenkrank?«
Für eine Weile schien die Möglichkeit eines Nervenleidens eine einleuchtende Erklärung. In der großen Eile hatte er sogar seinen Photoapparat vergessen, der auf einem Stuhl in der Diele lag.
»Ich weiß nicht, ich verstehe das nicht«, wiederholte Silvia mehrmals, ganz verstört von der Szene. »Er schien völlig gesund zu sein, höchstens ein bißchen aufgeregt.«
Sie konnte nicht weitersprechen, ein krampfhaftes Weinen schüttelte sie. Luisa lief zu ihr hin und versuchte sie zu stützen.
»Ich sehe nach«, sagte Filomena.
Sie ging zum zweiten Stock hinauf. Die Tür des Arbeitszimmers stand offen. Drinnen herrschte eine große Unordnung. Viele Papiere lagen am Boden verstreut, die Schubladen des Schreibtisches waren ausgeleert, mehrere Packen von Zeitungen waren aufgemacht worden. Als die Mutter mit langsamen unregelmäßigen Schritten die Treppe herunterkam und wieder in der Küche erschien, errieten die Töchter, daß etwas Schlimmes geschehen war.
»Es war ein großer Leichtsinn, ihn in das Büro zu lassen«, sagte sie schwer atmend. »Er hat Danieles Papiere entdeckt. Er hat in den Schubladen gewühlt. Vielleicht hat er Adressen mitgenommen. O Gott, wie können wir das gutmachen? Wie kann ich es Daniele sagen?«

Die Worte der Mutter ließen Silvia eine Erklärung für das Vorgefallene ahnen, an die sie nicht gedacht hatte. Sie hörte auf zu weinen, sah die Mutter ungläubig an und rief immer wieder: »Was sagst du? Das ist doch nicht möglich«. Dann schwieg sie wie erstarrt. »Begleite sie auf ihr Zimmer und bleibe bei ihr«, sagte die Mutter zu Luisa.

Verstört und keuchend vor Erregung, ging die arme Frau ans Küchenfenster, um nach Daniele Ausschau zu halten. Seine Verspätung bewies, daß er die Flucht des Gastes nicht bemerkt hatte. Sollte sie ihn benachrichtigen? Endlich entdeckte sie ihn. Er hatte sich die Jacke ausgezogen und die Hemdsärmel hochgestreift und war dabei, sich am Brunnen zu waschen.

Seine Verspätung hatte einen Grund. Kurz zuvor hatte er Nunziatina den Gartenweg entlang kommen sehen. Er hatte sie erwartet und war ihr entgegengelaufen, denn er wollte vermeiden, daß in Gegenwart der Familie und des Gastes die Rede auf Agostino kam. Die kleine Schneiderin sah erregt aus.

»Kennen Sie den jungen Mann«, hatte sie fast stotternd gefragt, »der eben aus Ihrem Tor herauskam?«

»Ich weiß nicht, von wem Sie sprechen«, hatte Daniele geantwortet.

Nunziatina war dicht an ihn herangetreten, und obwohl niemand sie hören konnte, hatte sie ihm etwas ins Ohr geflüstert. Daniele war sehr erstaunt.

»Sind Sie sicher?« hatte er gefragt.

»Es kam mir so vor.«

»Das ist ein schwerer Verdacht, den man nicht leichtsinnig äußern darf«, hatte Daniele gesagt.
»Ich tue es nicht leichtsinnig«, hatte die kleine Schneiderin beharrlich erwidert.
»Bleiben Sie hier, bis ich Sie rufe«, hatte er gesagt. Nachdem er sich eilig gewaschen hatte, lief er ins Haus. An der Küchentür stieß er auf seine Frau.
»Wo ist der Gast?« fragte er.
»Er ist fort«, sagte Filomena gequält.
»Schon fort?« rief Daniele.
»Ja, er ist abgefahren«, stammelte Filomena und nahm sich die Kette ab.
»Wolltet ihr ihn mir nicht vorstellen?« fragte Daniele mit harter Stimme. »War er denn nicht gekommen, um meine Bekanntschaft zu machen?«
»Er ist fortgegangen«, wiederholte Filomena. »Vielmehr, er ist weggelaufen. Daniele, ich weiß nicht, wie ich es dir sagen soll. Uns ist ein großes Unglück zugestoßen.«
»Also hat Nunziatina richtig gesehen«, rief Daniele.
»Nunziatina?«
»Sie meint, sie hätte vorhin vor unserem Haus einen Mann vom faschistischen Geheimdienst wiedererkannt«, berichtete Daniele.
»Es ist ein großes Unglück«, sagte Filomena.
»Aber warum ist er fortgelaufen?« fragte Daniele. »Fürchtete er plötzlich, erkannt zu werden?«
»Nein«, sagte Filomena. »Wir verdächtigten ihn nicht, und er verdächtigte uns nicht. Wir haben nie von Po-

litik gesprochen. Aber vorhin hat er aus purem Zufall dein Büro betreten und hat deine Papiere entdeckt . . .«

Daniele hörte das Ende nicht mehr. Immer drei Stufen auf einmal nehmend, stürzte er hinauf. Filomena war darauf gefaßt, laute Flüche und das Krachen von Möbeln zu hören; fast sehnte sie es herbei, damit die Beklemmung, die in der Luft lag, sich auf irgendeine Weise entladen konnte. Aber es war totenstill. Die Zeit, die sie am Fuß der Treppe wartete, kam ihr wie eine Ewigkeit vor. Als Daniele finster und schweigend wieder erschien, wurde die Frau von Angst gepackt. Sie ging ihm mit gefalteten Händen entgegen und sagte noch einmal:

»Es war ein Unglück . . . Unsere arme Silvia . . .«

Aber er brachte sie durch eine Handbewegung zum Schweigen.

»Nur einen Rat«, sagte er leise. »Sie soll sich verstecken. Daß sie mir nicht unter die Augen kommt. Im Augenblick wäre ich imstande, sie umzubringen.«

Er ging in die Diele, wo das Telefon stand, und schloß die Tür hinter sich zu. Er setzte sich neben den Apparat und überlegte eine Weile. Sein Gesicht glich dem Gesicht eines Blinden. Es gelang ihm, seine Stimme zu einer scheinbaren Ruhe zu zwingen.

»Hallo«, sagte er, »bist du es, Antonio? Gib acht auf das, was ich dir jetzt sage: die Mutter ist plötzlich krank geworden. Ja, es ist sehr ernst. Du weißt, wen du benachrichtigen mußt. Viel Glück.«

Er überlegte einen Augenblick, dann wählte er eine andere Nummer.
»Hallo, ist dort Ponte Tresa? Ich möchte den Elektriker sprechen.
Gaspare, bist du es? Die Mutter ist krank. Seit kurzer Zeit. Ich rufe dich morgen wieder an, aber nicht von zu Hause aus.«
Ohne einen Augenblick Zeit zu verlieren, lief Daniele die Treppe hinauf und kam mit zwei großen Körben voll Drucksachen wieder.
»Bring mir Holz und eine Flasche Benzin«, befahl er Filomena. »Hilf mir so schnell wie möglich ein großes Feuer im Kamin anzünden, und laß mich dann allein.«
Das Autodafé dauerte eine halbe Stunde.
Als Filomena mit der Futterschüssel für die Hühner in den Garten ging, sah sie am Ende des kleinen Weges Nunziatina halb eingeschlummert auf einem Schemel sitzen. Sie sah wie ein Schulmädchen aus, das zur Strafe hinausgeschickt worden ist.
»Was machst du denn hier?« fragte sie.
»Dein Mann hat gesagt, ich solle hier auf ihn warten«, sagte die kleine Schneiderin.
»Leider kann er jetzt nicht kommen, er ist zu beschäftigt«, sagte Filomena. »Du mußt ihn entschuldigen und ein andermal wiederkommen.«
»Was ist geschehen?« fragte Nunziatina zaghaft.
»Nichts«, antwortete Filomena. »Wirklich gar nichts. Was soll denn geschehen sein?«

Erst spät in der Nacht kehrte Daniele zurück. Er warf sich aufs Bett, ohne sich auszuziehen, und war beim Morgengrauen schon wieder auf den Beinen. Als er das Haus verließ, erwiderte er nicht einmal den Gruß seiner Frau und sagte auch nicht, wohin er ging, und ob er zu Mittag oder zum Abendessen nach Hause kommen würde. Sie warteten vergeblich auf ihn. Silvia verbrachte den ganzen Vormittag in ihrem Zimmer, auf dem Bett liegend, und Luisa saß lernend oder nähend bei ihr. Im Hause herrschte die trostlose Stimmung einer Familie, die von einem schweren Trauerfall betroffen ist. Die wenigen unentbehrlichen Worte wurden geflüstert. Der Hof war unter einem dichten Nebel begraben, der nur die Baumwipfel sehen ließ. Es war so dunkel, daß man in den Zimmern im Erdgeschoß den ganzen Tag Licht brennen mußte. Als Filomena in Silvias Zimmer hinaufging, um die Mädchen zu Tisch zu rufen, weigerten sie sich, zu essen.

»Wir haben keinen Appetit«, sagte Luisa, auch im Namen der Schwester.

Die Mutter bestand nicht darauf und deckte den Tisch ab, ohne einen Bissen anzurühren. Der Rest des endlosen Tages verging in bedrückendem Schweigen. Es gab nur zwei Telephonanrufe, bei denen sich Luisa meldete und die ziemlich rätselhaften Bestellungen aufnahm, die sie dem Vater ausrichten sollte. Das Mädchen war betroffen und bekümmert.

»Wie geht es Silvia? Was sagt sie?« fragte die Mutter.

»Sie spricht nicht. Sie sieht mich an, aber sie antwortet nicht auf meine Fragen.«

»Weint sie?«

»Nicht eine Träne.«

»O mein Gott, wenn sie wenigstens weinen könnte.«

»Was soll denn das Weinen nützen?« rief das Mädchen.

»Wenn ein Unglück geschieht, kann man nichts anderes tun als weinen«, erklärte die Mutter.

»Wäre es denn nicht besser zu handeln, etwas zu tun?«

»Was denn?«

»Irgend etwas.«

»Wenn es ein wirkliches Unglück ist«, sagte die Mutter, »dann kann man nichts tun, dann kann man nur weinen.«

»Wann kommt Vater zurück?« fragte das Mädchen.

»Ich weiß nicht, mein Kind, er hat es mir nicht gesagt.«

»Wo ist er denn? Ich kann ihn ja suchen gehen.«

»Ich weiß es wirklich nicht, glaub mir doch.«

Schließlich gab die Mutter es auf, diese Fragen zu beantworten, mit denen auch sie sich vergeblich quälte, und Luisa setzte sich in der Küche neben den Kamin und fing leise zu weinen an. Aber als gegen Abend jemand plötzlich heftig an die Tür klopfte (es war eine schwerhörige Nachbarin, die Filomena ausrichtete, sie möge die Falle stellen, denn der Fuchs sei wieder in der Gegend gesichtet worden), da hielt das Mädchen nicht mehr stand und bekam in einem heftigen Anfall von Angst einen Weinkrampf. Sie war nicht leicht zu beruhigen. Die Mutter mußte sie auf den Schoß nehmen, mußte sie streicheln und beruhigen, als wäre sie ein kleines Kind. Kaum konnte sie wieder sprechen, da fragte Luisa von neuem:

»Warum hat Vater uns verlassen?«

»Er hat uns nicht verlassen«, antwortete die Mutter. »Sei ganz sicher, mein Kind, er wird uns niemals verlassen. Dazu hat er uns zu lieb.«

»Wenn er uns lieb hat, warum macht er dann diese Sachen?« fragte das Mädchen hartnäckig. »Diese heimlichen Sachen, die so gefährlich sind.«

»Das kann ich dir nicht erklären«, seufzte die Mutter.

»Du bist doch seine Frau.«

»Ich kann dir nur sagen«, fuhr die Mutter fort, »daß er immer so gewesen ist, schon bevor wir geheiratet haben. Du kannst dir nicht denken, wieviel Angst und Schrecken und wieviel geheime Tränen mich das gekostet hat. Ich hoffte, mit der Zeit und mit dem Größerwerden der Kinder würde ihm das Leben in der Familie genügen. Aber ...«

»Was hat er denn davon? Bringt es ihm irgendeinen Vorteil?«

»Gar keinen, im Gegenteil, es kostet ihn Mühe und Geld. Aber es ist, als läge in diesen Wagnissen seine Ehre.«

»Was?«

»Seine Ehre und sein Stolz. Ich fürchte, ohne das hätte das Leben für ihn keinen Sinn.«

Beim Sprechen zitterten ihr die Lippen. Luisa hatte Mitleid mit der Mutter und fragte nicht mehr weiter. Die Mutter begann fassungslos zu weinen. Das war ihre Art, das Leben und ihr Dasein als Frau auf sich zu nehmen. Ihr ganzes Leben lang hatte sie die Vorstellung von einem großen Unglück gehabt, seit vielen Jahren hatte sie es erwartet, man hätte sagen können, daß sie auf die Welt gekommen war, um darauf zu warten. Nun war es endlich soweit. Noch zeigte das Unglück sich nicht in seiner ganzen Schwere, aber unzweifelhaft war es hereingebrochen.

10

Daniele hatte am Ausgang des Aarauer Bahnhofs sofort Agostino erkannt, der in der Menge der Reisenden und der Gepäckträger auf ihn wartete, und war ihm in einigem Abstand gefolgt. Getrennt, aber ohne einander aus den Augen zu verlieren, gingen sie eine Zeitlang durch Straßen und einsame Gäßchen, hin und wieder vor einem Schaufenster stehenbleibend, um festzustellen, ob ihnen jemand heimlich folgte. Schließlich wartete Agostino an einer Straßenecke auf ihn, und sie gingen zusammen weiter. Dabei erzählte Daniele in großen Zügen, was geschehen war. Er begann mit dem vorgetäuschten Autounfall und verschwieg nicht, was er von seiner älteren Tochter wußte. Agostino, der jeden Satz seines Freundes mit kräftigen Flüchen begleitet hatte, verstummte, als Silvias Name fiel. Die Nachrichten über das Mädchen raubten ihm für eine Weile die Sprache. Auch für ihn war es ein doppelter Schlag.

Sie gingen noch ein gutes Stück weiter, eilig, aber ohne Ziel. Sie sahen aus wie zwei Flüchtlinge: Vater und Sohn, die von zu Hause ausgerissen sind. Daniele hatte den Gang und die Kräfte eines Zugpferdes, und Agostino sah aus wie ein Besessener auf der Suche nach jemand, mit dem er sich schlagen konnte. Die Leute drehten sich neugierig nach ihnen um. Schließlich kamen sie an eine Allee, die am Fluß entlang führte. Der Weg war menschenleer, der Fluß tief und ruhig, fast schwarz.

»Wir können hier einbiegen«, sagte Agostino an einer gewissen Stelle. »Wir sind weit genug gelaufen.« Dann fügte er hinzu: »Es ist eine verfluchte Geschichte, und ich verstehe sie nicht.«

»Ich auch nicht«, sagte Daniele in wenig ermutigendem Ton.

»Am wenigsten überzeugt mich der Anfang. Warum haben sie den Verletzten denn gerade in dein Haus getragen? Ihre dreckige Grenze ist doch ganz in der Nähe.«

Es kostete Daniele Überwindung, ihm zu antworten. »Vielleicht fürchteten sie die Kontrolle der Schweizer Polizei? Die hätte ja schon über dein Heldenstück informiert sein können.«

»Und warum haben sie ihn nicht in eine Privatklinik gebracht?«

»In welche denn? Sie konnten sich doch nicht auf das Personal verlassen.«

»Aber auf deine Familie haben sie sich verlassen.«

Daniele zuckte die Achseln.

»Wahrscheinlich handelten sie in größter Aufregung. Vielleicht fuhren sie zunächst einfach in Richtung

Grenze, dann verloren sie den Mut und hielten unterwegs bei einem einzelstehenden Haus an.«

»Und gerieten durch Zufall gerade an dich? Glaubst du an Zufall?«

»Ich glaube an gar nichts mehr«, rief Daniele verzweifelt. »Verstehst du? An gar nichts.«

Nachdem sie einige Schritte weiter gegangen waren, fügte er hinzu:

»Übrigens, wenn der Kerl nicht selbst über seine Entdeckung erstaunt war, warum hat er dann die Flucht ergriffen? Er hätte mich doch überwachen und unsere ganze Organisation auffliegen lassen können.«

»Kann sein, aber dann begreife ich etwas anderes nicht«, begann Agostino von neuem.

»Wenn du nicht begreifst, dann sei wenigstens still«, befahl ihm Daniele. »Fällt es dir denn so schwer, den Mund zu halten?«

»Reg dich nicht auf«, sagte Agostino in versöhnlichem Ton. »Wir müssen herausbekommen, wo der Faden von diesem verdammten Knäuel anfängt.«

»Dann such doch selbst«, antwortete Daniele gereizt. »Ebenso leicht wirst du eine Nadel in einem Heuhaufen finden. Wir können höchstens versuchen zu raten.«

»Wir müssen es zusammen durchdenken. Vielleicht sind wir unvorsichtig gewesen. In deinem Kreis sind deine Ansichten recht bekannt.«

»In der Nachbarschaft wohl, aber nicht viel darüber hinaus. Ich habe meine Meinung nie öffentlich herausposaunt.«

»Kannst du dich denn so auf deine Nachbarschaft verlassen? Ich frage das vor allem für die Zukunft.«

»Bei dieser Arbeit habe ich mich nie auf irgend jemanden verlassen, wenn es dich interessiert. Nicht einmal auf meine Töchter. Ich habe immer alles allein gemacht.«

»Das weiß ich, Daniele, das weiß ich ja. Aber ich frage mich jetzt, ob wir nicht unvorsichtig waren. Es kommt mir unwahrscheinlich vor, daß deine Einstellung denen unbekannt war, die auf uns Jagd machen.«

»Es wäre nicht das erste Mal, daß ein Geheimdienst etwas nicht weiß, was allgemein bekannt ist. Du kennst doch selbst unseren Freund, der nicht mehr begreift, was in der Zeitung steht, seit er mit der Chiffrierung beauftragt ist.«

»Wenn du so darüber denkst, wird unser Kampf zu einem Hasardspiel.«

»Allerdings. Aber was können wir anderes tun, eine Handvoll Männer gegen eine Diktatur?«

Agostino fuhr nicht weiter in seinen Vorhaltungen fort, weil das Einvernehmen mit Daniele ihm zu wichtig war. Ohne das brach alles zusammen. Er versuchte sogar zu scherzen.

»Das heißt also: wenn auch ich mich in deinem Haus versteckt hätte, wie wir es ursprünglich planten, hätte ich das Vergnügen gehabt, meine Unterhaltung mit deinem anderen Gast fortzusetzen.«

»Ganz gewiß. Und da das Haus klein ist, hätte ich euch zusammen in ein Bett gesteckt.«

Der Fluß machte eine weite Biegung. Ein warmer Windstoß trieb die Wolken auseinander, und eine stechende Sonne kam zum Vorschein. Daniele war schweißbedeckt und atmete schwer.

»Kurz und gut, ich dachte, ich hätte es ihm tüchtig gegeben, und dabei sind wir es, die eins abbekommen haben«, sagte Agostino. »Wie können wir das jetzt wieder gutmachen?«

Seine Frage fiel ins Leere, und die beiden Männer gingen schweigend weiter.

»Laß uns zum Bahnhof zurückgehen«, sagte Daniele nach einiger Zeit. »Ich möchte den nächsten Zug nehmen.«

»Bleib doch bis morgen«, riet ihm Agostino. »Etwas Ruhe wird dir gut tun, du siehst schlecht aus.«

»Ich kann mich nicht aufhalten«, sagte Daniele.

»Du mußt wenigstens etwas essen«, drängte der andere. »Am Nachmittag gehen auch noch Züge.«

Sie gingen in ein Gasthaus, das ein Kellerrestaurant mit Neonbeleuchtung hatte. Als sie an einem Spiegel vorbeikamen, konnte Daniele nicht umhin auszurufen: »Wir sehen ziemlich gespenstisch aus.«

Aber bei diesem Licht sah auch die blonde Kellnerin, die sie begrüßte und an einen Tisch führte, leichenfahl aus. Ein Bankett, das schon in vollem Gange war, verlieh dem Lokal in diesem Augenblick eine gewisse Feierlichkeit. An einer Wand des Saales stand eine lange Reihe von zusammengerückten Tischen, um die eine ganze Sippe, von Urgroßvater und Urgroßmutter bis hinunter zu den Urenkeln, versammelt war. Kerzengerade saßen sie, nach Alter und Würde aufgereiht, vor mächtigen Fleischschüsseln. Es war nicht ersichtlich, ob sie zu einer Hochzeit oder einer Beerdigung versammelt waren.

Daniele bekam keinen Bissen herunter. Erschöpft saß er da, Rücken und Kopf an die Wand gelehnt.

»Du ißt ja nichts«, sagte Agostino vorwurfsvoll.

»Ich kann nicht«, entschuldigte sich Daniele. »Ich werde einen Kaffee trinken.«

»Hast du schon über einen neuen Stützpunkt nachgedacht, damit wir unsere Arbeit wieder aufnehmen können?«

»Ich habe mit Franz darüber gesprochen, aber noch habe ich nichts entschieden. Und jetzt frage ich mich, ob es überhaupt die Mühe wert ist.«

»Weißt du, daß das Lamm Gottes sehr bekannt ist?«

»Ja, aber aus anderen Gründen. Er hat das Glück, seiner Frömmigkeit wegen für harmlos zu gelten.«

»Wäre es nicht besser, den Hauptstützpunkt für ein paar Jahre nach Graubünden zu verlegen?«

»Sicher wäre das besser, aber wer würde denn alles überwachen? Ich kann ja nicht schon wieder umziehen. Ich habe eine Familie und einen Hof zu versorgen.«

»Das ist wahr«, sagte Agostino.

Es folgte eine weitere beklommene Pause. Die Unterhaltung schien in eine Sackgasse geraten zu sein. Die zahlreiche Sippe war inzwischen einmütig und in tadelloser Haltung beim Käse angelangt.

»Das ist der Grund«, fuhr Agostino fort, »warum manche Leute meinen, eine Revolution könne nur von Männern ohne Familie und Besitz gemacht werden.«

»Eine alte Geschichte«, rief Daniele. »Eine uralte Geschichte. Aber dabei müßte es sich um Junggesellen handeln, die enthaltsam sind, und um Arme, die nicht reich werden wollen, sonst wären wir bald so weit wie zuvor, vielmehr noch weiter zurück. Außerdem müßte man untersuchen, was für eine Art von Revolution die zustande brächten.«

»Du mußt meine Worte nicht so genau nehmen.«

»Doch, das tue ich«, entgegnete Daniele hartnäckig, »oder schweig still.«

»Das war doch nur so dahin geredet.«

»Durchaus nicht. Du hast sogar ausnahmsweise etwas sehr Vernünftiges gesagt, und es ist ein Thema, das uns nahe angeht. Wir müssen den Sinn dessen, was wir tun, zu begreifen versuchen.«

»Man tut, was man kann.«

Daniele hing noch seinem früheren Gedanken nach.

»Die Mönche haben das Experiment, von dem du sprachst, ja schon versucht«, sagte er. »Du kannst nicht leugnen, daß sie arm und unverheiratet sind. Aber das Resultat für das Reich Gottes auf Erden ist dürftig.« Dann fügte er in spöttischem Ton hinzu: »Damit will ich dich nicht überreden, das Zölibat aufzugeben.«

Agostino biß sich auf die Lippen, um ihm nicht eine kräftige Antwort zu geben.

»Sprechen wir von etwas anderem«, sagte er geduldig und zog einen Umschlag aus der Tasche hervor. »Ich muß dir noch das Geld vom letzten Mal zurückgeben.«

»Hast du die Rechnung der Druckerei nicht bezahlt?«

»Der Direktor wollte kein Geld annehmen. Wenigstens eine gute Nachricht.

»Das wundert mich.«

»Er hat es mir gesagt, als wenn er mich um einen Gefallen bäte.«

»Seltsam. Jetzt will dieser alte Philister keine Bezahlung? Diesei Reaktionär? Erinnerst du dich nicht, daß er kaum den Auftrag annehmen wollte? Es ist gegen das Gesetz, sagte er; es verstößt gegen die Neutralität; es ist gefährlich.«

»Er hat sich bekehrt. Ist dir das nicht recht?«

»Es kommt mir wie ein Wunder vor.«

»Dabei ist das noch nicht alles. Er will mit einigen führenden Männern von der Gewerkschaft über unsere Tätigkeit sprechen, um uns einen Zuschuß zu verschaffen. Wie du weißt, gibt es da Leute, die über sehr große Fonds verfügen.«

»Meiner Meinung nach, das sag' ich dir gleich, wird dabei nichts herauskommen.«

»Wer weiß, ein Versuch kann nichts schaden. Natürlich würde er nicht unsere Namen nennen, er würde für uns bürgen.«

»Du kennst diese Herren Bürokraten von der Gewerkschaft nicht. Sie sind verbürgerlicht bis aufs Mark, besonders die, die aus dem Proletariat kommen. Die Besten unter ihnen (ich sage ausdrücklich: die Besten, das heißt, die wenigen, die noch ein Ideal haben) träumen nur davon, die Arbeiter zu Bürgern zu machen. Ich verstehe nicht, warum die uns bei unserem Kampf unterstützen sollten.«

»Das hast du von dem Druckereidirektor auch gesagt.«

»Es geschehen keine Wunder am laufenden Band.«

In Danieles Stimme war ein hartnäckiger Unterton von Entmutigung und Mißtrauen, der Agostino wehtat.

»Auch du bist ein Wunder für uns«, sagte er, um die Unterhaltung wieder auf eine freundschaftliche Ebene zurückzuführen.

»Nicht spotten«, sagte Daniele.

»Wenn wir nicht mit Wundern dieser Art rechnen würden«, fuhr Agostino mit fester Stimme fort, »dann hätte unsere Sklaverei nie ein Ende.«

»Und ich frage mich vielmehr, ob wir nicht verrückt sind«, sagte Daniele trocken. »Ich frage mich, ob all das einen Sinn hat. Aber jetzt muß ich fahren«, fügte er schnell hinzu. »Wir haben genug geschwatzt. Ich mache mir Sorgen darum, was inzwischen bei mir zu Hause passiert sein mag.«

»Ich begleite dich zum Bahnhof.«

»Nein, das wäre unvorsichtig.«

»Was Silvia angeht«, begann Agostino, während sie sich voneinander verabschiedeten.

Daniele schnitt ihm das Wort ab.

»Das ist eure Angelegenheit«, sagte er.

II

Spät am Abend erschien Daniele wieder bei seiner Familie. Von weitem sah er, daß die Fenster im Erdgeschoß seines Hauses erleuchtet waren. Es konnte sein, daß die Frauen in seiner Abwesenheit aufgeblieben waren, aber es war auch nicht ausgeschlossen, daß die Polizei ihn erwartete und den Eingang besetzt hielt. So beschloß er, sich heranzuschleichen, ohne daß man ihn sehen konnte, und stieg über den Lattenzaun am Ende seines Grundstücks. Aber beim Abspringen versank er bis zu den Knien im Graben und mußte sich die Schuhe ausziehen, um sie von Wasser und Schlamm zu leeren. Die Nacht war finster und kalt. Der Wind führte einen brenzligen Geruch mit sich. Oberhalb von Brissago, wo der See eine Biegung macht, wurde die bleierne Wasserfläche hin und wieder von den weiß leuchtenden Scheinwerfern der italienischen Grenzwache erhellt. Daniele tastete sich vorsichtig durch die Dunkelheit vorwärts, die Taschenlampe in der Hand, die er nicht anmachte, sondern nur für den Notfall bereit hielt. Er näherte sich dem Haus von der Rückseite. Durch ein Fenster sah er seine Frau, die am Tisch unter der Lampe nähte, während die Mädchen im Halbdunkel am Kamin saßen. Luisa hatte den Kopf auf die Brust sinken lassen wie ein Spatz, der vom Schlaf überrascht worden ist. Filomena sah verweint aus. Kein fremder Mensch war zu sehen. Daniele öffnete die Tür und trat ein, ohne ein Wort zu sprechen.

»Gott sei Dank«, rief Filomena, legte ihre Arbeit nieder und erhob sich. »Willst du etwas essen?«

Er antwortete nicht. An einem einzigen Tag schien er um Jahre gealtert.

»Ich kann dir schnell etwas warm machen«, sagte die Frau.

Er ging zum Spülbecken und trank lange, direkt vom Wasserhahn.

»Auf dem Tisch steht die Flasche mit der frischen Milch«, sagte Filomena.

Er achtete nicht darauf. Silvia sah mitleiderregend aus; sie wirkte wie zerstört, aber der Vater würdigte sie keines Blickes.

»Luisa«, fragte er, »hat jemand angerufen?«

Er hatte die rauhe und unsichere Stimme eines Menschen, dem das Atmen schwerfällt.

»Aus Brissago hat einer angerufen«, antwortete das Mädchen. »Er läßt dir mitteilen, daß seine Mutter außer Gefahr ist.«

»Auch einer aus Ponte Tresa, wenn ich nicht irre«, sagte Filomena.

»Ja, aus Ponte Tresa«, bestätigte Luisa. »Er läßt sagen, daß es seiner Mutter besser geht. Kurzum, es scheint, daß die Mütter ganz vergnügt sind.«

»Nicht alle«, sagte Filomena vorwurfsvoll.

In diesem Augenblick durchbrach der gellende Schrei eines Tieres die nächtliche Stille. Es klang wie das Heulen eines tödlich verletzten Hundes; gleich darauf hörte man das anhaltende Aufflattern verängstigter Hühner. Daniele sprang auf und stürzte in den Garten, zum Hühnerhof. Er ließ die Taschenlampe aufleuchten und sah einen prachtvollen Fuchs, der mit einer Pfote in der Falle eingeklemmt war. Mit gewölbtem Rücken stemmte sich das Tier auf die anderen Pfoten und versuchte, das gefangene Glied zu befreien. Es wand sich verzweifelt, erregt durch den Schmerz, den Lärm der aufgescheuchten Hühner im Inneren des Hühnerhofes und das Licht, von dem es sich plötzlich getroffen fühlte.

»Endlich!« rief Daniele.

Er ergriff eine Axt, die auf einem Holzstoß lag, und begann, dem Fuchs so gewaltige Schläge zu versetzen, als sollte er eine Eiche fällen. Immer wieder und mit zunehmender Heftigkeit traf er ihn auf den Rücken, auf den Kopf, in den Leib, auf die Pfoten und schlug noch zu, als er ihn schon in einen blutigen Brei verwandelt hatte.

Als Daniele zum Haus zurückging, entdeckte er am Anfang der Pergola Luisa, die die wilde Szene aus geringer Entfernung miterlebt hatte und noch ganz verstört war.

»Komm«, sagte der Vater, »die Nacht ist feucht.«
Während sie auf das Haus zugingen, nahm Luisa seine Hand und drückte sie fest.
»Vater, deine Hand glüht«, sagte sie zu ihm. »Du hast bestimmt hohes Fieber.«
»Auch das wird vorübergehen«, antwortete Daniele.
»Vater«, fragte das Mädchen, »ist es wirklich schlimm, was mit deinen Papieren geschehen ist?«
»Ja, ziemlich schlimm.«
»Ist es nicht wieder gutzumachen?«
»Solange man lebt«, antwortete der Vater, »kann man vieles wieder gutmachen.«
Als sie in der Vorhalle angelangt waren und Luisa den Vater auf die Treppe zugehen sah, fragte sie ihn: »Möchtest du nicht in die Küche kommen und etwas essen? Ich wollte dir auch sagen, daß es Silvia gar nicht gut geht.«
»Ich muß nur schlafen«, antwortete der Vater.
Er stieg mühsam die Treppe hinauf; mehrmals lehnte er sich an die Wand, um Atem zu holen. Noch nie in seinem Leben hatte er sich so erschöpft gefühlt. Die ganze Anstrengung der letzten Tage hatte ihn mit einem Schlage überfallen. Im Schlafzimmer angelangt, fiel er auf sein Bett so wie er war, mit schlammbeschmutzten Schuhen und dem Hut auf dem Kopf, als sei er von einem nicht mehr zu ertragenden Gewicht erdrückt worden.
Filomena folgte ihm, nachdem sie die Töchter auf ihr Zimmer begleitet hatte. Im ersten Augenblick be-

fürchtete sie ein Unglück. Sein Atem klang wie das Röcheln eines Todkranken; die harten Züge in seinem Gesicht hatten sich gelöst, und der bisher verborgene Kummer war sichtbar geworden.

»Daniele«, rief die Frau. »Daniele.«

Er hörte sie nicht.

»Soll ich nach dem Arzt telefonieren?« fragte sie.

Auch die Anstrengungen, die sie machte, um ihm wenigstens einen Teil seiner Kleider auszuziehen und ihn unter die Decke zu bringen, vermochten ihn nicht aufzuwecken. Filomena wußte nicht, was sie tun sollte, und setzte sich ans Bett, von dem Gefühl niedergedrückt, daß sie unfähig war, eine Entscheidung zu treffen. Wenn sie es recht bedachte, hatte sie in ihrem ganzen Leben nie eine Entscheidung getroffen. Danieles Schwächeanfall, der einem Außenstehenden nach den Strapazen der vorangegangenen Tage und Nächte als normal und sogar unvermeidlich erschienen wäre, war für sie eine erschreckende Erfahrung, da er noch nie krank gewesen war. In Filomenas Augen waren die körperliche Widerstandsfähigkeit und die Willenskraft ihres Mannes das Fundament für den Zusammenhalt ihrer Familie. Was konnte sie tun, da nun beides fehlte? Sollte sie ihre Töchter um Rat fragen? Das würde die Mädchen nur erschrecken und Silvias Zustand verschlechtern. Sollte sie den Arzt rufen? Aber um ihn so spät in der Nacht aus Locarno kommen zu lassen, mußte sie ihm etwas über die Ursachen des Zusammenbruchs sagen, und sie war nicht sicher, daß Daniele damit einverstanden sein würde. Die arme Frau hatte noch nie eine Verantwortung dieser Art auf sich nehmen müssen und hatte sich noch nie so schwach und unfähig und verwirrt gefühlt. Je länger sie nachdachte, desto mehr Gefahren kamen ihr in den Sinn. Es wurde ihr klar, daß die angstvolle Erwartung, in der sie sich seit der Flucht des Herrn Cefalù befand, bisher durch ihr Vertrauen zu Danieles Fähigkeit, mit dem Unglück fertigzuwerden, gemildert worden war. Aber wenn er trotz seiner ungewöhnlichen Lebenskraft und seinem Mut so machtlos war, dann befand sich die Familie in höchster Gefahr.

Die unglückliche Frau saß neben dem Bett, den Kopf in die Hände gestützt, den Blick starr und ausdruckslos geradeaus gerichtet. Ihre Augen, die auch aus nichtigen Gründen schon Ströme von Tränen vergossen hatten, blieben diesmal trocken. In dieser Lebenslage hatte es keinen Sinn zu weinen; das hätte bedeutet, daß sie den Ruin ihrer Familie zugab, daß sie ihn als ein unvermeidliches Unglück ansah. Aber obwohl sie nichts dagegen unternehmen konnte, war sie doch nicht gewillt, sich damit abzufinden. Eine Zeitlang ließ das Gefühl ihrer Ohnmacht sie Danieles Zustand vergessen. Als sie ihm ihre Aufmerksamkeit wieder zuwandte, schien es ihr, als ginge sein Atem leichter und gleichmäßiger. In der Überzeugung, daß bis zum nächsten Tag keine Gefahr mehr bestand, legte auch sie sich nieder. Aber sie fühlte sich wohl nicht allzu sicher, denn in den wenigen Stunden, die ihr zum Ausruhen verblieben, fuhr sie mehrmals aus dem Schlaf auf, um nachzusehen, ob ihr Mann etwas brauchte. Schließlich gelang es ihr nicht mehr, einzuschlafen, und beim ersten Morgengrauen war sie wieder auf den Beinen.

Es war ein trüber kalter Morgen. Ein grauer Schleier lag über dem schmutzfarbenen Wasser des Sees, über den Baumgerippen am Ufer und der Ebene, die leblos und wie verwest wirkte. Luisa, die einige Tage zu Hause geblieben war, sollte an diesem Morgen wieder in die Schule gehen. Sie hatte schon mit der Mutter zusammen gefrühstückt und war gerade in ihr Zimmer hinauf gegangen, um die Schulmappe zu holen, als ein kleiner alter Mann aus der Nachbarschaft, der sogenannte Gemüsehändler, an der Küchentür erschien.

»Guten Morgen, Frau Filomena«, sagte er. »Ist Daniele nicht zu Hause?«

Der Alte half Daniele oft bei leichten Gartenarbeiten. Auch er war, wie Agostino, aus Bergamo, aber er lebte schon seit vierzig Jahren, wenn nicht länger, im Tessin. Sein Beiname stammte aus der Zeit, in der er ein paar Jahre lang einen kleinen Obst- und Gemüseladen gehabt hatte, und war an ihm hängen geblieben, obwohl er mit dem Laden bankrott gemacht hatte und seither von Aushilfsarbeiten leben mußte.

»Mein Mann ist noch nicht aufgestanden«, sagte Filomena.

»Geht es ihm nicht gut?«
»Doch, ich habe nur gesagt: er ist noch nicht aufgestanden.«
»Ich komme wegen der Stangen«, erklärte der Gemüsehändler. »Daniele hat mir schon vorige Woche Bescheid gesagt. Ich soll die Stangen für die Bohnen und Erbsen zuspitzen.«

»Gut«, sagte Filomena. »Die Stangen liegen an dem üblichen Platz, du kannst dich gleich an die Arbeit machen.«
Der Alte, der sonst immer heiterer Stimmung war, sah an diesem Morgen betrübt aus. Er zitterte vor Kälte in seinem armseligen Anzug und den zerrissenen alten Schuhen, aus denen die Zehen hervorsahen.
»Ich wollte schon gestern kommen«, sagte er entschuldigend. »Aber Sie wissen ja, was geschehen ist.«
»Du wirst dir wohl einen Rausch angetrunken haben«, sagte Filomena. »Ich habe gehört, daß dir das öfters zustößt.«
»Ich sprach von dem Ertrunkenen«, sagte der Alte. »Denken Sie doch, so ein Unglück kurz vor dem Fest. Was, Sie wissen's noch gar nicht? Und dabei reden die Leute von nichts anderem.«
»Wir kümmern uns nur um unsere eigenen Angelegenheiten«, sagte Filomena. »So kann es geschehen, daß wir nicht wissen, was auf der Straße erzählt wird.«
»Wer ist der Ertrunkene?« fragte Luisa, die die

Worte des Alten gehört hatte, während sie die Treppe herunterkam.

»Ein junger Mann aus Locarno«, erklärte er. »Dem Aussehen nach zu urteilen sicher ein Junge aus guter Familie. Vor zwei Tagen hat man gesehen, wie er im Wasser verschwand, und bis gestern ist er dringeblieben. Er ist natürlich etwas aufgequollen wieder zum Vorschein gekommen, aber das Gesicht war fast gar nicht verändert, so ein feines, junges Gesicht.«

»Aber auf welche Weise ist er denn ertrunken?« fragte Filomena. »Wie kam er ins Wasser? Es ist doch noch keine Badesaison.«

»Entschuldigen Sie, ich habe mich nicht richtig ausgedrückt«, sagte der Alte. »Es war ein Selbstmord. Man hat gesehen, wie der junge Mann absichtlich ins Wasser ging, mit Kleidern und Schuhen, am hellichten Tag.«

»Ein junger Mann?« rief Luisa aufgeregt. »War es vielleicht ein Schüler?«

»Ich kann Ihnen nur erzählen, was ich weiß«, sagte der Alte. »Kennen Sie die Tankstelle, einen Kilometer vor der Grenze? Gut. Dann erinnern Sie sich vielleicht auch daran, daß kurz davor ein Fußweg ans Seeufer führt. Vorgestern nachmittag hat man einen jungen Mann dort hinunterlaufen sehen. Wie er an der kleinen sandigen Uferstelle angekommen ist, hat er seine Jacke ausgezogen und sie zu Boden fallen lassen, hat sich bekreuzigt und ist ins Wasser gegangen, das dort nach wenigen Schritten ganz schnell tief wird. Einige Kinder, die an der Stelle spielten, wo der Strand sich zu einer Schlucht verengt, sahen den jungen Mann und fingen an zu schreien. Bevor er versank, soll er sich noch einmal umgedreht und den Kindern zugewinkt haben. In kurzer Zeit war die Nachbarschaft in größter Aufregung.«

Der Alte kniff die Augen zu, um sich zu besinnen. Durch das offene Hemd waren seine mageren Rippen sichtbar. »Ich muß etwas früher beginnen«, sagte er. »Ich war gerade in dem Schuppen des Blumenhändlers und half ihm einen Festwagen schmücken, der morgen am Blumenkorso teilnehmen soll. (Wir haben eine ganz besondere Idee gehabt, die bis morgen geheimbleiben muß, aber Ihnen kann ich es ja anvertrauen: unter einem Kamelienbaum hält ein Fuchs eine schneeweiße Taube in den Pfoten.) Also, ein Nachbar gibt uns Bescheid. Wir lassen den Wagen stehen und laufen ans Ufer. Dort waren noch die Kinder, ganz aufgeregt und verängstigt, und zeigten jedem neu Hinzukommenden den Punkt im See, wo der junge Mann verschwunden war. Dann waren da die Mütter, die sagten: ›Jetzt, mein Kind, müssen wir nach Hause, jetzt mußt du nicht mehr daran denken, sonst wirst du noch krank von dem, was du gesehen hast, oder du bekommst Würmer von der Angst.‹ Auch der Landjäger kam, beschlagnahmte die Jacke des Selbstmörders und schrieb die Namen der Kinder in sein Notizbuch, obwohl die Mütter es nicht haben wollten. ›Da ist nichts zu machen‹, hat der Blumenhändler zu mir gesagt und hat mich am Arm fortziehen wollen. ›Laß uns zum Wagen zurückkehren, du weißt, wir haben nicht viel Zeit.‹ ›Nein‹, habe ich ihm geantwortet, ›ich bleibe.‹ Er hat mich gewarnt. ›Du kommst um deinen Verdienst‹, hat er gesagt. ›Das macht mir nichts aus‹, habe ich ihm geantwortet. Mit dem Landjäger zusammen habe ich ein Boot ins Wasser gezogen, und wir sind an die Stelle gerudert, die die Kinder uns angegeben hatten. Das Wasser war ruhig, aber schmutzig; es war nichts zu sehen. Trotzdem blieben wir da und fuhren, immer ins Wasser starrend, an der Stelle hin und her, bis es dunkel wurde. ›Er wird nach achtundvierzig Stunden hochkommen‹, hat der Landjäger gesagt, ›da ist nichts zu machen.‹ Achtundvierzig Stunden sind lang für die, die am Ufer stehen und warten. Während dieser ganzen Zeit gab es ein Kommen und Gehen von den verschiedensten Amtspersonen. Kein Wunder, es handelt sich ja um einen Jungen aus guter Familie. Da ich am nächsten wohne, mußte ich jedem neu Hinzukommenden die notwendigen Erklärungen geben. Aber nicht etwa, daß es jemand in den Sinn gekommen wäre, mich zu einem Schnäpschen einzuladen.«

»Seine arme Mutter, wie verzweifelt muß sie sein!« seufzte Filomena.

»Ein junger Mann, vielleicht sogar ein Schüler«, sagte Luisa erregt. »Hat man denn erfahren, warum er es getan hat?«

»Der Landjäger sagte, daß er einen Brief hinterlassen hat, in dem er seine Eltern um Verzeihung bittet«, fuhr der Alte fort. »Entschuldigt, wenn ich jetzt nicht mehr davon sprechen mag. Wenn Daniele hier wäre, würde er mir sicher ein Schnäpschen anbieten.«

»Aus Locarno war er? Weißt du nicht, wie er heißt?« fragte Luisa.

»Vielleicht steht es heute in der Zeitung«, sagte der Alte. »Oder auch nicht, aus Rücksicht auf die Familie. Es war ja nicht irgend ein armer Teufel.«

»Wenn du nicht heute wieder die Schule versäumen willst, mußt du dich beeilen«, mahnte Filomena.

Luisa nahm ihr Rad und fuhr davon.

»Die hat sich herausgemacht«, sagte der Gemüsehändler bewundernd.

»Du weißt, wo die Stöcke liegen«, sagte Filomena zu ihm. »Verlier' keine Zeit.«

»Ich brauche eine Axt, um die Stöcke zuzuspitzen«, bemerkte er.

»Die findest du im Geräteschuppen«, sagte Filomena. »Du kannst sie dir selbst heraussuchen.«

»Wann kommt Agostino denn wieder zurück?« fragte der Alte, bevor er hinausging. »Viele Landsleute fragen schon nach ihm. Ohne ihn geht es gar nicht so lustig zu.«

»Findest du, daß dies eine Zeit zum Lustigsein ist?« entgegnete Filomena.

Sie ging die Treppe hinauf, um einen Blick in das große Schlafzimmer zu tun. Daniele schlief noch, aber bei dem Geräusch an der Tür legte er sich, ohne die Augen zu öffnen, auf die andere Seite. Das erschien Filomena als ein Zeichen der Besserung, und sie ging erleichtert wieder in die Küche hinunter. Da der Vorrat an geröstetem Kaffee fast verbraucht war, beschloß sie, gleich für neuen zu sorgen. Sie füllte gerade die Röstpfanne mit grünen Kaffeebohnen, als eine Stimme am Fenster sie aufschrecken ließ.

»Mutter.«

Es war Luisa. Gleich darauf erschien sie totenblaß und verstört in der Tür, warf die Schulmappe und eine Zeitung auf den Tisch und stürzte der Mutter in die Arme. Einige Bücher fielen auf den Boden.

»Was ist geschehen?« rief die Mutter erschrocken. »Schon wieder ein Unglück?«

»Der Ertrunkene ist der Herr Cefalù«, sagte das Mädchen, als sie wieder zu Atem gekommen war.

»Um Gottes willen«, rief Filomena, sich bekreuzigend. »Das ist ja nicht möglich.«

Die beiden Frauen hielten sich weinend und klagend umarmt. Das Gefühl des Abscheus, das sie in den letzten Tagen für den jungen Sizilianer empfunden hatten, war mit einem Schlage zu Mitleid geworden. Filomena trocknete sich die Tränen. »Der arme Junge«, sagte sie. »Er hatte uns nicht belogen, er war nicht schlecht.«

Luisa entfaltete die Zeitung von Bellinzona auf dem Tisch. Die ganze Seite, auf der die Kantonschronik zu erscheinen pflegte, war der Nachricht eingeräumt worden. Die tragische Szene, die sich in der Nähe der Grenze am Seeufer abgespielt hatte, war mit den Worten der Kinder beschrieben, die bei dem Unglück anwesend waren. Unter den freiwilligen Helfern, die während der beiden Tage erfolglose Bergungsversuche gemacht hatten, war auch der Gemüsehändler genannt. Auf der Landstraße bei der Tankstelle war das Auto des Selbstmörders gefunden worden. Er hatte seinen Paß, etwas Geld und einen Brief hinterlassen, in dem er mit Worten, die für Außenstehende unverständlich waren, die Gründe für seine Verzweiflungstat nannte. Die Zeitung gab unter der Überschrift »Eine Gewissenskrise?« einige Absätze aus dem Brief wieder, die sie als rätselhaft bezeichnete.

»Er war nicht schlecht«, wiederholte Filomena. »Er hat uns nicht verraten wollen.«

»Wir müssen es Silvia mitteilen«, sagte Luisa.

»Mein armes Kind«, seufzte die Mutter. »Was wird sie leiden müssen!«

»Ja«, sagte Luisa, »aber jetzt kann sie auf andere Weise an ihn denken.«

Filomena sah das Mädchen überrascht an.

»Wie meinst du das: auf andere Weise?«

»Mit Liebe«, sagte Luisa. »Nur mit Liebe.«

»Du hast recht«, sagte die Mutter. »Auch wir können jetzt auf andere Weise an ihn denken.«

»Vielleicht hat er es nötig«, sagte Luisa, »daß wir mit Liebe an ihn denken.«

Das war das richtige Wort. Filomena sah ihre Tochter dankbar an und erhob sich mühsam, um zu Silvia hinaufzugehen.

»Glaubst du nicht«, fragte Luisa, »daß wir es auch Vater sagen müssen?«

Filomena setzte sich noch einmal hin, aber sie antwortete nicht.

»Die Nachricht geht auch ihn an«, fuhr Luisa fort. »Sie betrifft ihn allerdings in einem anderen Sinn.«

»In einem anderen Sinn«, wiederholte Filomena, »das hast du richtig gesagt, in einem ganz anderen Sinn.«

»Soll ich ihn holen?«

»Nein, warte noch.«

Filomena sah finster zu Boden.

»Wir können ihm nicht eine Nachricht verschweigen, die ihn angeht«, drängte Luisa. »Er wird uns Vorwürfe machen.«

»Ich habe Angst, daß die Nachricht ihm Freude macht«, sagte Filomena leise. »Nur davor habe ich Angst.«

»Vater ist nicht grausam«, sagte Luisa.

»Aber fanatisch ist er«, entgegnete die Mutter. »Ich habe Angst, daß er vor Befriedigung lachen wird.«

Filomena sah plötzlich verändert aus; ihr Gesicht war härter geworden.

»Wenn er ein einziges Wort sagt«, fuhr sie fort, »nur ein einziges Wort, Gott möge es verhüten, der Genugtuung ...« Aber sie beendete ihren Satz nicht. Luisa war überrascht. Sie erkannte die Stimme ihrer Mutter nicht wieder.

»Ich glaube nicht, daß Silvia und ich dann noch länger in diesem Hause bleiben würden«, sagte Filomena scharf. »Wenn ich auch nicht mehr jung bin, eine Stellung als Dienstmädchen finde ich immer noch.«
»Aber, Mutter, was sagst du denn da?«
Filomena achtete nicht auf die Worte der Tochter. Sie achtete auf nichts mehr. Es war, als wäre in ihr eine zu stark gespannte Saite gesprungen. Luisa sah sie sprachlos an; dann machte sie sich daran, die auf den Boden gefallenen Bücher aufzuheben und in die Mappe zurückzulegen.
»Inzwischen ist es zu spät geworden«, sagte sie.
»Jetzt hast du noch einen Tag länger die Schule versäumt«, bemerkte die Mutter.
»Ich frage mich, ob ich überhaupt noch hingehen soll«, murmelte Luisa.
»Red' keinen Unsinn«, sagte die Mutter in flehendem Ton. »Du weißt doch, daß du das Abschlußexamen machen mußt.«
»Wozu denn?« rief Luisa gereizt. »Braucht man als Dienstmädchen vielleicht das Examen?«
Filomena antwortete nur mit einer müden Handbewegung.
»Mir scheint, wir haben heute schon Grund genug, uns Sorgen zu machen«, sagte sie und erhob sich, um zu Silvia hinaufzugehen.
Luisa blieb am Tisch stehen. In der Zeitung war neben dem Bericht über den Selbstmord das ausführliche Programm des Kamelienfestes abgedruckt.

»Lieber Gott«, bat sie, den Blick zur Zimmerdecke gewandt, »mach, daß es morgen regnet.«
Das klagende Pfeifen der von der Grenze her kommenden Lokomotive erklang in der grauen, feuchten Luft. In der Nähe waren nur die Axthiebe des Alten zu hören, der die Stöcke zuspitzte, und das wirre Gezwitscher der Spatzen. Luisa nahm die Zeitung und ging in den ersten Stock hinauf; sie war entschlossen, dem Vater entgegenzutreten. Ohne anzuklopfen, betrat sie das große Schlafzimmer, aber beim Anblick des Schlafenden stockte ihr der Atem. Er sah in schreckenerregender Weise gealtert und eingefallen aus, fast wie ein Toter.
Luisa legte ihm die Zeitung aufs Bett und ging auf Zehenspitzen wieder hinaus. Auf der Treppe fröstelte es sie, darum ging sie zum oberen Stockwerk hinauf, um sich in ihrem Zimmer eine Wolljacke zu holen. Durch die verschlossene Tür konnte sie genau das Flüstern der Mutter und das leise Weinen der Schwester hören. Nach kurzem Verweilen verzichtete Luisa auf die Jacke und ging wieder nach unten in die Küche. Im Kamin war noch etwas Glut unter der Asche; mit einer Handvoll Sägespäne und einigen Holzstükken gelang es ihr, das Feuer wieder anzufachen.
Es verging eine Weile; dann hörte das Mädchen die schweren Schritte die Treppe hinunterkommen, auf die sie in ängstlicher Spannung gewartet hatte. Daniele blieb an der Küchentür stehen.
»Ich habe die Nachricht gelesen«, sagte er.

Luisa hielt den Blick starr auf das Feuer gerichtet und begann zu zittern in Erwartung dessen, was folgen würde.«

»Es tut mir leid um den armen Jungen«, fuhr der Vater langsam fort. »Er war nicht schlecht.«

Mehr als die Worte bewegte Luisa das Mitleid, das aus seiner Stimme klang.

»Komm'«, sagte sie ohne sich umzuwenden, denn sie wollte ihre Tränen verbergen, »komm' ans Feuer, ich mache dir gleich Kaffee.«

Daniele setzte sich neben den Kamin und streckte die Hände aus, um sich zu wärmen.

»Wie geht es Silvia?« fragte er.

»Sie weint«, antwortete Luisa und trocknete sich die Tränen. »Was soll man sonst tun.«

»Während du mir den Kaffee machst«, sagte Daniele, »gehe ich einen Augenblick zu ihr hinauf.«

Ignazio Silone
Fontamara

Roman
KiWi 83

Schon in diesem ersten Roman Silones, den er während der Emigration in der Schweiz verfaßte, beschreibt der Autor im Stil des frühen italienischen Neorealismus das Leben der Bauern in seiner Heimat, den Abruzzen. Dabei zeigt er nicht nur die unvorstellbare Not dieser Menschen, sondern auch die Vitalität, den Witz, die Alltagskultur, mit der diese sich gegen die Übergriffe der alten und neuen Machthaber wehrten und ihre Würde verteidigten. Der Roman ist aber auch ein Panorama der italienischen Gesellschaft der 30er Jahre mit ihren Carabinieris, den korrupten Beamten, den neureichen Kapitalisten, den brutalen Mussolini-Banden und den offiziellen »Vertretern Gottes«, die zu allem Unrecht ihren Segen gaben. Silones Interesse gilt dabei der Frage, wie in den Jahren der faschistischen Unterdrückung Widerstand erwachsen ist – von spontanen und organisierten Sabotageakten bis zur Untergrundpresse und -agitation. Der Mensch als Opfer oder als Subjekt der Geschichte – ein noch immer nicht veraltetes Thema.

KiWi Paperbackreihe bei Kiepenheuer&Witsch

Ignazio Silone
Wein und Brot

Roman. KiWi 55

Wein und Brot, Silones berühmtester, anfangs verbotener Roman, ist die Geschichte eines jungen Intellektuellen, der sich, vom faschistischen Regime abgestoßen, den Kommunisten zugewandt hat und auch hier Enttäuschungen erlebt. Das Buch ist ein Abenteuerroman und politischer Thriller in einem und schildert zugleich auf unvergleichliche Weise die Landschaft der italienischen Abruzzen und eine ganze historische Epoche.

Ignazio Silone
Eine Handvoll Brombeeren

Roman. KiWi 80

Rocco, die Hauptfigur des Romans, hatte in den harten Jahren der Emigration in der Kommunistischen Partei diszipliniert und bedingungslos für die Befreiung Italiens vom Faschismus gekämpft. Sofort nach dem Sieg wird er in seine alte Heimat, in die Dörfer der Abruzzen geschickt, um dort als Funktionär die Interessen der armen Bergbauern und Tagelöhner zu vertreten und die Politik der Partei durchzusetzen. Die Erfahrungen mit den abenteuerlichen archaisch-anarchischen Figuren in den Tälern der Abruzzen, mit dem Leben der armseligen und ausgebeuteten »Cafoni« auf den Feldern, vor allem aber seine Konfrontation mit dem Krebsgeschwür des Stalinismus führte ihn in immer größere Distanz zur Kommunistischen Partei.
Eine Handvoll Brombeeren, ein frühes Dokument des italienischen Neorealismus in der Literatur, ist aber nicht nur ein spannender Entwicklungsroman, sondern gleichzeitig die unsentimentale Geschichte einer großen Liebe zwischen Rocco und dem jüdischen Mädchen Stella sowie ein spannend erzählter politischer Thriller.